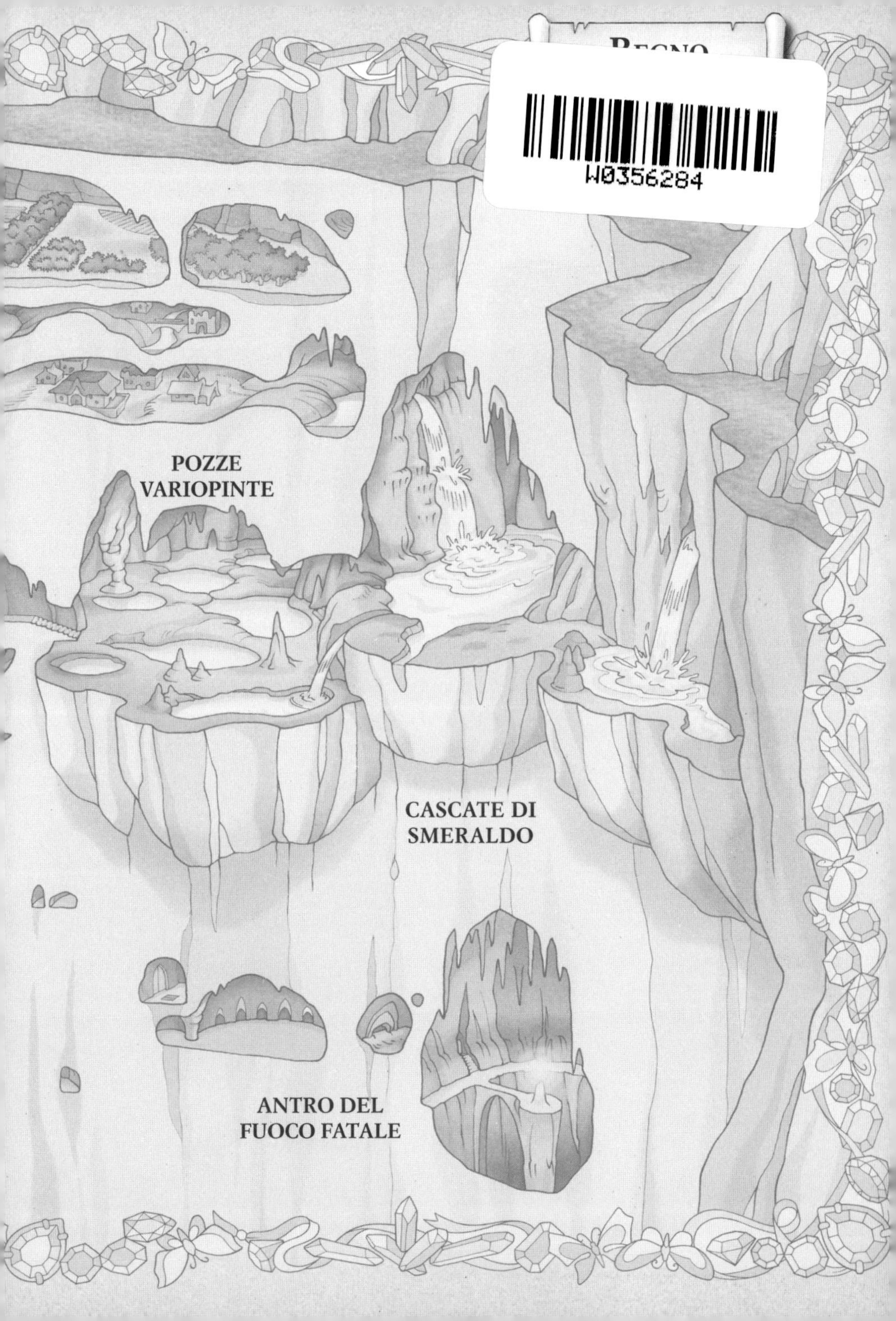
POZZE
VARIOPINTE
CASCATE DI
SMERALDO
ANTRO DEL
FUOCO FATALE

Principesse del Regno della Fantasia

5

Testi di Tea Stilton.
Collaborazione editoriale di Elena Peduzzi.
Coordinamento editoriale di Patrizia Puricelli.
Coordinamento testi di Benedetta Biasi e Marta Vitali.
Editing di Antonella Lavorato.
Coordinamento artistico di Lara Martinelli.
Disegni originali delle Principesse del Regno della Fantasia di Silvia Bigolin.
Illustrazioni interni di Silvia Bigolin.
Progetto fotografico 'I Segreti di Diamante' di Sara Cimarosti *con le illustrazioni di* Silvia Bigolin.
Mappe di Carla Debernardi e Carlotta Casalino.
Copertina di Iacopo Bruno.
Interno sovraccoperta di Silvia Bigolin.
Progetto grafico interni di Marta Lorini.

Da un'idea di Elisabetta Dami.

I edizione 2011

Anno 2015 - 2016 - 2017 Edizione 5 6 7 8 9 10 11 12 13 14 15

Stampa: ELCOGRAF S.p.A. - Stabilimento di Cles (TN)

Aus: Die Sternsinger / Diaspora 4/2001, S. 21

57 König, Bauer und Knecht, Max Bolliger

58 Die Heilige Nacht, Selma Lagerlöf

Aus: Dies., Geschichten zur Weihnachtszeit

59 Der gestohlene Pastor, Renate Delfs

60 … und hätte die Liebe nicht

(um zwei Drittel verkürzt) nach Anna Schieber

61 Der alte Marionettenspieler

(um gut zwei Drittel gekürzt) nach Alfred Otto Schwede

Aus: Ders., Das schöne Fest bleibt ungestört

62 Der kleine weisse Spitz war schuld, Renate Sprung

63 Russland – am Heiligabend 1946, Quelle unbekannt

64 Sergej, Ernst Lange

Trotz intensiven Bemühens konnten wir nicht zu jeder Geschichte den Rechtsträger ausfindig machen. Für Hinweise sind Herausgeber und Verlag dankbar.

Weitere Lese- und Vorlesebücher für die Weihnachtszeit

Markus Tomberg (Hg.)

Ein Stern führt uns zur Krippe hin

33 Geschichten zum Vorlesen in Kindergarten, Schule und Gemeinde

Mit Illustrationen von Bärbel Witzig

160 Seiten, Pappband – ISBN 3-451-28208-9

Die Geschichten dieses Buches sind in sechs Kapiteln zusammengestellt, die jeweils ausführlich eingeleitet werden. Diese Hinführungen eignen sich zur Vorstellung der Geschichte, als Predigt- oder Unterrichtsanregung. Die kopierfähigen Illustrationen können helfen, die Geschichten von einem weihnachtlichen Gedanken her zu erschließen. Mit praktischen Hinweisen über Inhalt und Vorlesedauer.

Ludger Hohn-Morisch (Hg.)

Die Nacht der Engel und der Hirten

Das Lesebuch für die Weihnachtszeit

224 Seiten, Pappband mit Lesebändchen – ISBN 3-451-28721-8

Das literarische Weihnachtslesebuch mit Texten bekannter Autorinnen und Autoren wie Werner Bergengruen, Max Bolliger, Bert Brecht, Hermann Hesse, Selma Lagerlöf, Gertrud von Le Fort, Boris Pasternak, Gerhard Polt, Werner Reiser, Rainer M. Rilke, Heinrich Waggerl u.v.a.

Samuel Friedländer (Hg.)

Wenn es nur einmal ganz stille wär'

Gute Gedanken für jeden Tag der Advents- und Weihnachtszeit

192 Seiten, Pappband mit Lesebändchen – ISBN 3-451-28548-7

Die beliebte und erfolgreiche Zusammenstellung von Gedanken für die weihnachtliche Zeit jetzt im Großdruck und in besonders ansprechender Ausstattung. Das Buch enthält eine Inspiration für jeden Tag der Advents- und Weihnachtszeit.

Andrea Schwarz

Vom Engel, der immer zu spät kam

Meine schönsten Weihnachtsmärchen

Mit Illustrationen von Jules Stauber

128 Seiten, Halbleinen – ISBN 3-451-26461-7

Moderne Weihnachtsmärchen, wie es nur wenige gibt: fröhlich und frech, anrührend und amüsant, heiter und hintergründig. Ein wahrhaft himmlisches Lesevergnügen.

Materialbücher für die Weihnachtszeit

Barbara Cratzius

Das große Buch der Weihnachtsspiele Von Nikolaus bis Dreikönig

Mit CD-Rom – 192 Seiten, Gebunden mit Schutzumschlag – ISBN 3-451-28798-6

Das Buch bietet Spielstücke für die gesamte Advents- und Weihnachtszeit für unterschiedliche Gruppen und Anlässe. Die Themen Advent, Nikolaus, Herbergssuche, Geburt im Stall, Heilige Drei Könige bis hin zur Flucht nach Ägypten können zudem methodisch unterschiedlich als Singspiel, als Bildergeschichte, als Theaterstück oder als Figurentheater angepasst und aufgeführt werden. Praktische Hinweise zur Vorbereitung leiten jedes Stück ein.

Petra Focke

Unser Weg nach Bethlehem

Werkbuch zur Gestaltung der Adventszeit mit Kindern, Jugendlichen und Familien

176 Seiten, Kartoniert – ISBN 3-451-28207-0

In diesem Buch finden sich praxiserprobte Beispiele für die Gemeindearbeit in der Weihnachtszeit, die Jung und Alt aktiv beteiligen und in das Geschehen mit einbeziehen. Die einzelnen Kapitel beginnen jeweils mit einleitenden Gedanken und Impulsen. Meditative Texte stimmen in die folgenden Aktionen ein. Ausformuliert und mit Anleitungen für jeden Schritt ist dieses Buch eine Fundgrube.

Tea Stilton

PRINCIPESSA del BUIO

Paola Roca

PIEMME

Personaggi

Diamante

Diamante è la Principessa del Buio e vive a Terratonda, in una meravigliosa reggia nascosta nelle profondità della terra. È la sorella gemella di Nives, la Principessa dei Ghiacci, e le assomiglia come una goccia d'acqua!

Zecchino

È il precettore di Diamante. Oltre a occuparsi degli studi della principessa, per lei è un vero punto di riferimento, l'unico che riesca a placare il suo carattere impulsivo.

Zaffira

Vivace e simpatica, è la figlia di Zecchino e un'amica insostituibile per la principessa. Nei momenti difficili, il suo ottimismo si rivela sempre un'arma preziosa.

Farfalle dalle ali di velluto

Inseparabili compagne della principessa, la leggenda racconta che siano nate immergendo fiocchi di neve nelle Pozze Variopinte.

MAESTRO DELLE CORRENTI OSCURE
È l'uomo più saggio del Regno del Buio, custode dei segreti di Terratonda. Governa le acque delle Pozze Variopinte, che sul fondale nascondono la quinta, preziosa strofa della Canzone del Sonno.

FENNEC
Il profumino che proviene dalle cucine di granito è merito loro: i cuochi di corte preparano la migliore zuppa di radici dolci di tutti i regni!

ORTENSIO
Giovane ed esuberante botanico di corte, si occupa con passione dei Campi Erbosi. Non è difficile incontralo per i corridoi di Terratonda, con una gerla traboccante di frutti zuccherini e verdure appena colte.

TALPE DELLA GUARDIA REALE
Nessuno conosce i cunicoli di Terratonda meglio delle talpe del regno! Per questo, oltre a proteggere la reggia, si dedicano a compiti delicati come il trasporto dei cristalli di sale.

Non vi sembra fantastico? Siamo alle soglie dell'ultimo regno, quello del Buio! Abbiamo vissuto incredibili avventure insieme alle principesse e ai loro amici e ora siamo qui, pronti a conoscere l'ultima sorella, Diamante. Come sapete, è la gemella di Nives. La somiglianza fisica tra loro è imcredibile, ma quanto al carattere... scoprirete da soli le differenze!

Siamo partiti dal Regno delle Foreste preoccupati per la situazione in cui si trovano i Cinque Regni: la corte di Arcandida imprigionata nel ghiaccio, Gunnar e Yara partiti per il Regno del Buio, Diamante ancora all'oscuro di tutto ed Helgi, il giardiniere del Regno dei Ghiacci, misteriosamente scomparso... Dove sarà finito? Per il momento non possiamo preoccuparcene: il tempo stringe e dobbiamo prepararci a esplorare le profondità della terra in direzione di Terratonda, la dimora della principessa Diamante. Fa piuttosto caldo qui, quindi indossate abiti leggeri, munitevi di fiaccole e seguitemi.

Venite, imbocchiamo quel tunnel. Lo so, è buio, ma avete le vostre fiaccole. E fidatevi di me: conosco la strada. Sentite questo rumore? Si tratta di acqua. Il Regno del Buio ne è ricchissimo. Se ne avremo la possibilità, ci concederemo una sosta alla Fonte Rovente e alle Pozze Variopinte, dove affiorano delle sorgenti sotterranee dalle prodigiose qualità. Anche la principessa Diamante vi si reca di tanto in tanto per un bagno tonificante.

Se incontrate uomini con occhi brillanti come diamanti, vi trovate di fronte agli abitanti del Regno del Buio. Sono schivi e riservati, perciò non stupitevi se non vi rivolgeranno la parola.

Lungo la strada vedrete formazioni di rocce strabilianti ma, se potete, resistete alla tentazione di toccarle. Le rocce vivono e crescono di continuo. Il contatto con la pelle potrebbe danneggiarle. Ma adesso basta con le chiacchiere, dobbiamo sbrigarci. Vi state chiedendo che cosa ci aspetta?

Ve lo spiegherò strada facendo.

Su, andiamo, non dobbiamo lasciare troppo vantaggio al Principe senza Nome.

Il tempo stringe, ma l'unione fa la forza!

Tea Stilton

PARTE PRIMA

1
Benvenuti nel Regno del Buio

Dopo aver imboccato il passaggio magico dalle profondità del Fossato Fremente, Gunnar si ritrovò a terra, con la testa pesante e i sensi annebbiati.

Lanciandosi nel fossato di Arcandida, era precipitato a velocità vertiginosa. Poi il buio lo aveva ghermito, facendogli perdere la cognizione del tempo e dello spazio, come in un sogno. Aveva avuto la sensazione di essere risucchiato in un vortice, di camminare sulle sabbie mobili, di fluttuare nel vuoto. Si era sforzato di tenere gli occhi aperti, ma dopo un tempo imprecisato aveva perso i sensi. E ora era a terra, dolorante.

Si sollevò, lentamente, cercando di capire se avesse

qualcosa di rotto, ma a parte un indolenzimento generale, gli sembrò che fosse tutto a posto. Avvertiva delle leggere fitte alla gamba ferita durante la lotta con il Principe senza Nome (quanto tempo era passato? A volte gli sembrava pochi giorni, a volte un'eternità!). Ma niente che la sua vecchia pellaccia da lupo non potesse sopportare.

Eh sì, ricordava ancora bene il tempo che aveva passato vivendo da lupo; il ricordo era così vivido che ancora adesso c'erano giorni in cui, svegliandosi al mattino, si stupiva di ritrovarsi uomo.

Il Principe dei Ghiacci si guardò intorno ma non vide altro che buio scuro e spesso come un manto di velluto. Guardò in alto, dove avrebbe dovuto esserci il cielo, e intravide una fioca luce, lontana quanto una stella. Proveniva da lassù, da Arcandida. Quanto era distante ora la sua Nives? Distante e irraggiungibile, immobile nella sua prigione di ghiaccio.

Provò a scacciare quei pensieri. Aveva bisogno di recuperare tutto il suo coraggio: se c'era un modo per salvare Nives e liberare la corte, dipendeva solo da lui! Aveva una missione da compiere e il primo passo da fare era cercare la reggia della principessa Diamante.

Proprio mentre tentava di orientarsi, avvertì un

rumore alle sue spalle. Si voltò, ma non vide nulla, solo oscurità.

Buia. Impenetrabile. Minacciosa.

Dov'era finito? Era davvero nel Regno del Buio?

Per un istante chiuse gli occhi. Quando li riaprì, gli sembrò di godere di una vista più nitida e che il buio fosse meno intenso.

Tentando di ignorare la stanchezza, Gunnar fece qualche passo, per riabituare al movimento le gambe rigide e indolenzite, toccando davanti a sé con le mani per capire che cosa lo circondava. Scoprì presto di essere in un tunnel scavato nella roccia. A mano a mano che avanzava, l'aria si faceva più calda e densa, ricca di odori nuovi. Camminava lentamente, con circospezione, le orecchie tese in ascolto. Ma nel tunnel regnava un silenzio assoluto, rotto solo dal suo passo trascinato su una superficie che immaginava di roccia e terra battuta. Poi, in lontananza, intravide una debole luce, un alone ambrato che illuminava una parte del corridoio. Prese sicurezza e accelerò il passo.

Pensò di camminare nel condotto di una miniera, un ambiente del tutto nuovo per lui. Era dominato dalla costante presenza di roccia, con un'atmosfera immobile e sospesa.

Si domandò quanto avrebbe impiegato a raggiungere la reggia di Terratonda.

Haldorr si era limitato a spiegargli che avrebbe dovuto raggiungere il centro del regno, ma il centro poteva essere ovunque per chi non ne conosceva la topografia.

Il suo istinto gli suggerì di scendere ancora. Non sarebbe stato semplice, ma l'urgenza della missione gli infondeva una forte determinazione.

Continuò ad avanzare fino a raggiungere la luce, che scoprì provenire da una torcia fissata alla parete di roccia. Ce n'erano altre, da quel punto in avanti, a illuminare la via. 'Buon segno' pensò Gunnar. 'Evidentemente questi corridoi non sono abbandonati'. Osservò per un istante la fiamma calda e tremolante della fiaccola e ricordò la caverna in cui Halifa, la custode del vulcano, lo aveva trasformato in lupo.

Erano accadute molte cose da allora ma il suo istinto era rimasto sensibile come quello degli animali. E ora gli suggeriva di muoversi.

Ma doveva prendere la torcia con sé o lasciarla lì, a illuminare la strada per altri viaggiatori?

Decise di proseguire senza torcia. Si rimise in cammino, finché non si trovò a un bivio. Un secondo tunnel si dipartiva dal primo e piegava verso destra. Quale dei due doveva seguire? Fece qualche passo in entrambi e si accorse così che il secondo tunnel era leggermente in discesa.

– Se scende, è probabile che mi conduca verso la reggia, che si trova in profondità! – esclamò a voce alta.

Soddisfatto di quella scoperta imboccò il corridoio di destra dove le torce erano più numerose.

Camminò per un tempo difficile da definire. L'ambiente intorno a lui era sempre uguale, l'aria tiepida e pesante. Sentiva le gambe stanche e rigide, la bocca secca, la mente affollata di pensieri.

Immaginava come sarebbe stato incontrare Diamante, la sorella gemella di Nives; si domandava se vederla le avrebbe ricordato la sua amata, facendolo sentire meno solo.

Poi incontrò un altro bivio. Scelse di nuovo il tunnel di destra e così fece per i successivi, continuando a scendere. La stanchezza si faceva sempre più pesante, ma lui doveva resistere e proseguire, perché ogni passo lo avvicinava alla sua meta.

A un tratto Gunnar sentì qualcosa: come un rumore di passi veloci, quasi una corsa. Un'improvvisa ventata d'aria lo investì e qualcosa lo colpì sul collo. Avvertì un dolore acuto alla base della nuca, prima di cadere a terra, perdere i sensi e sprofondare in un buio ancora più profondo.

L'ombra di una figura minuta, con un cappello a cono sul capo, si sporse alla luce della torcia per osservare da vicino il corpo. Quando l'ebbe guardato in volto, fece un balzo indietro, sgranando i piccoli occhi scuri sotto delle folte sopracciglia nere.

Lasciò cadere il bastone che teneva in mano, si portò le dita adunche e nodose alla bocca ed emise un gemito.

2
La principessa Diamante

Una farfalla muoveva le sue bianche ali vellutate con infinita grazia, volteggiando nel tunnel lungo e silenzioso. Fendeva l'aria tiepida e immobile, ombreggiata dal tremolare delle fiammelle delle torce fissate alle pareti di roccia scura.

Una ragazza dai capelli luminosi, che indossava un abito lungo tempestato di pietre preziose, le camminava poco dietro. Teneva gli occhi azzurri e brillanti come due acquemarine fissi davanti a sé, la mente assorta in pensieri lontani.

Era Diamante, la Principessa del Regno del Buio. Al collo portava il diamante più grande dei Cinque Regni, pietra che ispirò ai genitori la scelta del suo nome.

Di tanto in tanto la farfalla si posava per aspettarla. Diamante la raggiungeva, le carezzava le ali e il meraviglioso insetto riprendeva il volo con l'eleganza di una foglia sospinta dal vento.

La principessa amava passeggiare prima di cena, insieme a una delle sue inseparabili amiche, le Farfalle dalle Ali di Velluto, un dono che le aveva fatto il padre, il Re Saggio, quando le aveva affidato il regno.

Diamante amava ricordare la storia di quelle farfalle: in una notte di bufera, il re aveva scelto un fiocco di neve tra quelli che scendevano dal cielo nel Regno dei Ghiacci Eterni, e lo aveva portato nel Regno del Buio. Qui lo aveva immerso in una delle Pozze Variopinte e in poco tempo dallo specchio d'acqua si era levata una meravigliosa farfalla dalle ali bianche. E dopo di lei molte altre, grandi e pure come la neve di Arcandida.

Anche quella sera, se di sera si poteva parlare nel Regno del Buio, dove il giorno e la notte si confondevano in una penombra costante, Diamante percorreva uno dei lunghissimi corridoi che circondavano Terratonda. Per tutto il giorno l'aveva sfiorata la sensazione, quasi impercettibile, che qualcosa di importante stesse per accadere; eppure non era successo nulla.

Tutto d'un tratto, notò che la farfalla si era fermata di nuovo, senza posarsi. Continuava a muovere le ali, restando sospesa. Diamante la raggiunse.

– Che cosa succede? – chiese, appena prima di vederlo con i propri occhi.

C'era qualcuno in fondo al tunnel. Nella penombra Diamante riuscì a scorgerne solo la figura, piuttosto robusta, con un cappello calcato sulla testa. Per un attimo pensò di tornare verso la reggia, ma poi l'istinto, o forse proprio quella sensazione che l'aveva accompagnata tutto il giorno, le suggerì di non farlo.

3
Uno sconosciuto nel Regno del Buio

Chi va là? – chiese con tono deciso la principessa.

La misteriosa figura sembrò non averla sentita. Non rispose, né accennò a fermarsi. Camminava con passo regolare e cadenzato, lo sguardo coperto dalla larga falda del cappello.

Diamante invece si fermò accanto a una torcia, ma non arretrò. La farfalla tornò al suo fianco e si mise in attesa.

Quando lo sconosciuto fu abbastanza vicino da parlare senza gridare, sollevò gli occhi e si tolse il cappello, quindi disse: – Vi reco i miei omaggi, principessa Didi.

A quelle parole, Diamante fu colta da un impeto di gioia, dirompente come una cascata che scende da una montagna. C'era solo una persona, oltre a suo padre, che la chiamava così. Allargò le braccia e corse incontro all'uomo. – Non ci posso credere! Siete davvero voi, Helgi!

Il giardiniere del Regno dei Ghiacci accolse la principessa tra le sue braccia robuste e la strinse a sé. Qualche lacrima indisciplinata andò a imperlare la sua barba bionda e folta.

Quando si fu ripresa dall'emozione, Diamante chiese: – Come mai siete qui? Se voi... se voi avete lasciato il Regno dei Ghiacci Eterni e il Grande Albero, dovete avere una ragione seria!

L'uomo si rabbuiò. – In effetti c'è qualcosa che devo dirvi, principessa. Ma non qui.

– Andiamo alla reggia, allora. Lì staremo tranquilli.

Detto questo, i due si avviarono verso la reggia di Terratonda.

Camminarono in silenzio fino a raggiungere uno degli ingressi, e Diamante non nascose la propria sorpresa nel trovarlo spalancato e, ancor di più, nel vedervi transitare, avanti e indietro, un gran numero di talpe della guardia reale.

Portavano voluminosi sacchi, assicurati sul dorso tramite robuste imbragature.

– Ma che cosa sta succedendo qui? – domandò la principessa a se stessa, consapevole che non avrebbe ottenuto risposta, dal momento che le talpe non parlavano. – Venite Helgi,

seguitemi! Di questo chiederò informazioni più tardi.

Diamante fece strada nel lungo corridoio che conduceva alle cucine di granito. Era illuminato da grossi bulbi di vetro e fil di ferro fissati alle pareti; all'interno di ogni bulbo volavano centinaia di lucciole, creando una suggestiva illuminazione.

Helgi annusò l'aria, che profumava di cibi in cottura.

– I fennec ai fornelli! Preparano la miglior zuppa di radici dolci che abbia mai assaggiato!

Diamante si stupì. – Pensate, quand'eravamo piccole, mio padre raccontava a me e alle mie sorelle una storia proprio sulle radici dolci.

– Davvero? – chiese il giardiniere.

– Sì. Diceva che quelle radici crescono con un sapore così dolce perché sono pregne di cristalli di zuccherite, una sostanza a metà tra un minerale e un alimento, che si trova solo nel Regno del Buio. Le radici sono difficili da trovare, anche per le talpe del regno. Vanno estratte con cura per evitare che si spezzino poi, per un mese e un giorno, sono messe a marinare in una salamoia dalla composizione tuttora segreta. Quindi si fanno riposare, avvolte in panni di juta. Solo quando i fennec, con il loro olfatto sopraffino, avvertono la prima leggera punta di amaro, le mettono a bollire per preparare la famosa zuppa – concluse trionfante Diamante.

– Davvero strabiliante. Ma ora andiamo, principessa: ho bisogno di parlarvi!

– E io di ascoltarvi.

Proprio in quel momento sfrecciò davanti a loro una figura magra e scattante.

– Ortensio! – lo chiamò Diamante. – Si può sapere cosa...

– Principessa, siete voi! Sono arrivati i nuovi bulbi di tuberosa argentea, dissotterrati freschi freschi. Bisogna subito pelarli e tagliarli prima che si induriscano – spiegò il ragazzo, la carnagione chiara come la luna.

– Sì, ma... mi sai dire perché...?

La principessa non fece nemmeno in tempo a finire la domanda, che il ragazzo corse via un'altra volta.

– Perdonatelo. Lui è il nostro botanico. È lui che si prende cura dei Campi Erbosi. E con grande abilità, devo dire. Ma, come avrete notato, è un po' esuberante. Corre sempre di qua e di là, con mille cose da fare.

– Sembra un bravo ragazzo – commentò Helgi.

In quel momento sopraggiunse un fennec. Era un animale molto particolare, dal manto dorato, simile a una volpe, con le orecchie lunghe e appuntite. Aveva uno sguardo fiero e vivace.

– Chiama Zecchino, per favore. Digli di raggiungermi nella sala del trono – gli ordinò Diamante.

La piccola volpe chinò leggermente la testa e scomparve in un tunnel.

– Venite, Helgi. Per di qua.

La principessa condusse il giardiniere nella sala del trono.

Durante il breve tragitto, fu nuovamente colta dalla strana sensazione del mattino, leggera e impalpabile come le ali delle sue farfalle. Difficile dire di cosa si trattasse.

Ma a volte certe cose si sentono e basta, diceva sempre sua madre, la regina.

E lei non poteva che essere d'accordo.

4

La verità

La sala del trono era un ambiente enorme, con pareti di roccia scura e soffitti alti, a botte. Il giardiniere, seduto su uno dei seggi in pietra che di solito ospitavano coloro che partecipavano alle udienze, era visibilmente preoccupato. La principessa lo osservava, seduta sul trono, anch'esso in pietra, scolpito a forma di farfalla e impreziosito di gemme. La stanza era illuminata da centinaia di lucciole, che entravano e uscivano dai bulbi di vetro fissati alle colonne, e dalla luce calda proveniente da due enormi candelabri d'argento posati su un lungo tavolo di legno. Le candele profumate, bruciando, sprigionavano nell'aria il loro aroma vanigliato.

Il pavimento era di terra battuta mista a frammenti di pietre preziose, che mandavano bagliori come polvere di stelle alla luce della luna.

Dopo pochi minuti nella sala entrò un terzo uomo. Era di piccola statura e aveva un aspetto curato, con capelli scuri ben pettinati e due enormi baffi che incorniciavano labbra sottili. Portava con assoluta disinvoltura un abito a quadri rossi e blu e un vistoso papillon di velluto rosso al collo. Sotto la giacca si intravedeva un panciotto scuro, ben abbottonato.

– I miei omaggi, principessa – disse l'uomo, accennando un impettito inchino.

– Venite, Zecchino. Voglio presentarvi Helgi, il giardiniere del Regno del Ghiacci Eterni.

Zecchino si fece avanti.

– Zecchino è il mio precettore, uomo di profonda cultura e di grande... precisione – aggiunse Diamante lanciando un'occhiata all'orologio che il precettore teneva in mano.

– È quasi ora della nostra lezione, principessa, vi invito quindi a non dilungarvi – disse lui, riponendo nel taschino del panciotto un grosso orologio a cipolla.

– Temo che oggi la lezione dovrà essere rimandata. Helgi è qui per comunicarci qualcosa di importante.

Zecchino rivolse a Helgi uno sguardo preoccupato. Era un uomo abitudinario e non amava molto i cambi di programma. Tuttavia capì di non avere alternative e si accomodò su uno dei seggi disposti davanti al trono.

Gli occhi del precettore e della principessa si fissarono su Helgi, che sembrava alla ricerca delle parole giuste per cominciare: sapeva che non sarebbe stato un discorso semplice.

Inspirò profondamente e disse: – Sono venuto nel Regno del Buio per avvisarvi di una grave minaccia che incombe su tutti e cinque i regni, sperando di non essere arrivato troppo tardi.

Diamante si portò le mani alla bocca ed emise un gemito, ma non interruppe il racconto di Helgi.

– C'è un uomo malvagio e senza scrupoli, determinato a riunire i Cinque Regni sotto il suo dominio, che sta cercando di impadronirsi delle cinque strofe della Canzone del Sonno. Io sono qui perché temo che possa aver già sottratto la vostra, principessa Diamante.

– Ma… com'è possibile? Chi può volere una cosa simile?

– Il figlio del Vecchio Re.

Diamante rimase senza fiato. Poi, a fatica, si riprese e cercò di fare chiarezza.

– Il Vecchio Re aveva un figlio? Ma… se è così, perché non è nel Palazzo Addormentato insieme a tutta la corte?

– Capisco il vostro stupore, principessa. Anch'io mi sono posto la stessa domanda. E sono arrivato a una sola conclusione: credo che il principe non fosse presente quando... quando vostro padre fece l'incantesimo che addormentò la corte. Riuscì a sfuggire. Da allora cova vendetta e ha elaborato un complicato piano per ricostruire la Canzone del Sonno. Da quanto so, è a un passo dal raggiungere il suo scopo.

– Che cosa volete dire?

– Che possiede già le altre strofe, purtroppo.

– E voi come fate a saperlo?

– È una storia molto lunga, non so se valga la pena di raccontarvela adesso; vi prego però di fidarvi di me.

– Capisco... Mi fido, lo sapete – disse Diamante con un mezzo sorriso. – Quindi mi state avvertendo del rischio che corre anche la mia strofa, ho capito bene?

Helgi annuì e abbassò lo sguardo a terra.

Zecchino, intanto, lo scrutava con l'occhio attento del precettore. Poi, dato che nessuno parlava, decise di rompere il silenzio.

– Dunque, signori miei, se gradite il mio consiglio, suggerisco di controllare che la strofa sia ancora riposta nel suo sito originale.

Il precettore aveva ragione. La strofa era la cosa più importante, pensò Diamante.

– Giusto! Presto, Zecchino, andate a chiamare il Maestro delle Correnti Oscure!

L'uomo si alzò e, a passo deciso, si avviò alla porta.

Una volta rimasti soli, Diamante fece a Helgi mille

domande, per farsi raccontare tutto ciò che sapeva.

Al termine del racconto, esclamò, quasi irritata:

– Pensate che ci riuscirà? Che questo Principe Malvagio conquisterà il potere sui Cinque Regni?

– È molto determinato, ma non basta. Dovrà fare i conti con noi.

– E se invece dovesse riuscire nel suo piano, che cosa ci accadrà?

Helgi chinò il capo, perdendosi in pensieri dolorosi, pesanti come macigni.

In quel momento Zecchino fece ritorno.

– Il Maestro delle Correnti Oscure, mia Signora! – esclamò, interrompendoli.

Con lui c'era un uomo, la cui presenza si avvertì subito nella stanza, come un vento caldo. E inquieto.

5
Il Maestro delle Correnti Oscure

Il Maestro delle Correnti Oscure fece il suo ingresso nella sala del trono a passo lento. Il suo incedere aveva qualcosa di grave, solenne, come lo scorrere del tempo.
Era uno dei membri più autorevoli del Popolo del Buio, di cui possedeva le caratteristiche somatiche: carnagione molto chiara, occhi e capelli scuri, che dal copricapo a turbante gli ricadevano lunghi fino alle scapole. La sua espressione era imperturbabile, indefinibile la sua età.

Il Maestro avanzò fino al trono, chinò il capo in segno di rispetto verso la principessa e si fermò davanti a lei, ignorando il giardiniere.

Zecchino lo seguiva, a breve distanza.

Diamante rimase seduta, gli occhi puntati sul Maestro. Provava un'angoscia indescrivibile al pensiero che la strofa potesse essere stata rubata. E attendeva impaziente di conoscere l'opinione di quell'uomo.

– Maestro, vi è realmente un pericolo che incombe su di noi?

– Il pericolo è vicino, o forse già passato, ma non senza danno – rispose il Maestro.

Tutti lo guardarono, catturati dalla sua voce calma e profonda. Pareva scaturire dalle viscere della terra. Il saggio parlava inoltre un linguaggio insolito, che una volta interpretato rivelava una profonda saggezza.

– Credete che la strofa possa già essere stata rubata? – domandò Helgi.

Il Maestro guardò il giardiniere. Chi aveva osato interrompere la conversazione tra lui e la principessa? Aprì appena la bocca, ma non parlò.

Nell'attesa, Helgi rimase col fiato sospeso.

Per qualche istante il Maestro tacque, il volto solcato da un'ombra.

Quando riaprì la bocca, disse: – Il malvagio raggiunge con più facilità la sua meta se segue l'oscuro cammino. La verità riposa nell'acqua.

– Che cosa intende dire? – chiese Diamante a Zecchino.

Il precettore rispose: – Il Maestro vuol dire che il principe può contare sulla forza della magia. Per questo sarà arduo sconfiggerlo. Quanto alla strofa, potrebbe essere stata rubata e dovremo andare a verificare.

– Sì. Certo. Andiamo subito!

– Dove? – domandò il giardiniere.

– Alle Pozze Variopinte – rispose la principessa. – La strofa è nascosta sul fondale di una di esse.

– Non c'è tempo da perdere! – convenne Helgi.

Diamante inspirò a fondo, cercando di non far tremare la voce. – Maestro, vi prego, guidateci voi.

Il Maestro chinò il capo e si avviò verso l'uscita della sala. Gli altri lo seguirono, ansiosi e turbati.

Fu un viaggio piuttosto rapido, ma talmente opprimente che nessuno si preoccupò di alzare gli occhi da terra e ammirare le volute sconfinate delle grotte che attraversarono.

Quando furono quasi arrivati la principessa spiegò:

– Il Maestro governa le acque e le correnti che percorrono le Pozze Variopinte. La strofa non si trova mai nello stesso punto, ma viene trasportata dalle acque, comunicanti l'una con l'altra. Così l'abbiamo preservata finora, ignorandone noi stessi la posizione...

– Un'idea eccellente, principessa.

– Chi non conosce la verità, non può mentire – sentenziò il Maestro, che camminava dietro di loro.

Diamante provò a respingere la preoccupazione. Cercò conforto ripensando a quel giovane dagli occhi azzurri che le aveva rapito il cuore. Si augurò che tornasse presto nel Regno del Buio. All'improvviso quel ragazzo aveva cambiato la sua vita, dandole il brivido del vento sulla pelle, la vertigine di un tuffo nell'acqua cristallina, il batticuore dell'attesa che presto si realizzerà nel più bello dei doni. Non aveva mai provato nulla del genere ed era come se quell'incontro avesse dato nuovo significato a tante cose, come se le giornate senza di lui non avessero più motivo…

Una goccia d'acqua, staccatasi dalla volta di pietra del tunnel, le cadde su una guancia facendola trasalire e spezzando quella catena di pensieri. D'un tratto, Diamante si trovò di nuovo catapultata in un vortice d'angoscia.

Avvertiva una sensazione spiacevole: temeva che non avrebbero trovato la strofa al suo posto.

Zecchino riusciva a percepire il turbamento della principessa; Diamante aveva un carattere volubile, simile alle correnti del sottosuolo, il cui corso era imprevedibile e sorprendente. Prendeva spesso decisioni impulsive, non accettava rimproveri, fingeva di sapere sempre ciò che era meglio fare, e pretendeva che tutti fossero d'accordo con lei. Un vero guaio, in certe situazioni.

Il piccolo gruppo camminò per una decina di minuti, attraversando una grotta dopo l'altra.

– Ci siamo quasi – disse Diamante, rivolta a Helgi. – Mi dispiace che non abbiate avuto tempo di riposare.

– Non sono stanco. Ma vi ringrazio della premura – rispose il giardiniere con un sorriso, che Diamante ricambiò.

Poi ripensò alla strana sensazione che aveva provato per tutto il giorno. Credeva fosse malinconia per la partenza improvvisa di quel giovane dagli occhi color del mare, ma ora cominciava a darsi un'altra spiegazione. Era il suo sesto senso che l'avvertiva di stare in guardia. Qualcosa, dentro di lei, aveva cominciato a sgretolarsi. E gli sguardi preoccupati dei suoi compagni non facevano che confermare i suoi timori.

6

Un'amara sorpresa

Dopo un quarto d'ora di cammino, il piccolo gruppo raggiunse una grande grotta di calcare bianco, ampia e luminosa, dal cui soffitto scendevano stalattiti lucide d'acqua.

Alle Pozze Variopinte non c'era quasi più nessuno; solo due donne, sorelle a giudicare dalla somiglianza e dalla complicità dei loro gesti, si erano attardate a chiacchierare.

Diamante si sentì invadere da una profonda malinconia; a lei quell'atmosfera di confidenza e affetto era stata preclusa sin dalla primissima infanzia, e precisamente dal giorno in cui era stata costretta a separarsi dai suoi genitori e dalle sue sorelle. Ora la sua famiglia non esisteva più, e se anche avesse pensato di formarne una nuova, avrebbe dovuto fare i conti con un'infinità di obblighi legati al suo sangue blu e ai suoi doveri di principessa del regno.

Strinse i pugni, colta da una stizza improvvisa. Poi il suo sguardo si posò di nuovo sulle due donne.

– Mandatele via! – ordinò a Zecchino.

– Se posso permettermi, direi di avere un po' di pazienza, principessa. Vedrete che se ne andranno...

Diamante si morse il labbro.

Helgi la guardò. E poi guardò le Pozze Variopinte.

Erano circa una decina. Alcune grandi, altre più piccole, alcune circolari, altre dalla forma allungata. Le acque che le riempivano erano di diverso colore, che sfumava da un giallo acceso a un verde scuro, passando per un blu chiaro e un rosso mattone. Alcune gorgheggiavano e fumavano in superficie, altre erano placide e immobili.

'Sono una meraviglia', pensò la principessa, colta da un improvviso senso di quiete all'ascoltare lo scorrere dell'acqua.

Dopo che le due donne si furono allontanate, il Maestro delle Correnti sollevò le mani, i palmi rivolti verso l'alto, e chiuse gli occhi.

Tutti gli altri rimasero in silenzio e lo osservarono. Passò così alcuni secondi, cercando la concentrazione necessaria per evocare il controllo delle acque; quindi, sempre a occhi chiusi, allungò le mani con i palmi all'ingiù verso le pozze. La superficie liquida cominciò piano piano a muoversi, come percorsa da una leggera brezza. Le acque si unirono in un vortice maestoso e potente e si sollevarono verso la volta di pietra del soffitto. Sul pavimento della grotta, le pozze rivelarono i loro fondali asciutti e vuoti come enormi calderoni.

Senza esitare un attimo, la principessa cominciò

a setacciarli con lo sguardo. Passò dalla prima alla seconda e poi avanti, una dopo l'altra, con il viso sempre più contratto e preoccupato.

– La strofa è scomparsa – disse infine.

Allora il Maestro aprì gli occhi e roteò entrambi i polsi prima verso destra e poi verso sinistra. Le acque obbedirono al suo comando e con infinita naturalezza tornarono a occupare i loro letti naturali.

– Il funesto presagio è realtà. L'indugio reca disgrazia.

– Il Maestro ha ragione. Dobbiamo tornare a Terratonda, subito! Il regno è in pericolo! – esclamò Diamante con il fiato corto per l'agitazione.

– Non bisogna perdere la calma, principessa – suggerì Zecchino.

Lei lo guardò, prima con sorpresa, poi con fastidio. Nessuno le poteva dire cosa doveva fare, neppure il suo precettore.

– Ogni minuto è prezioso! – ribadì lei, irritata. Quindi si incamminò verso la reggia, con passo deciso e veloce.

7

Il sospetto

Helgi e Zecchino si incamminarono dietro alla principessa, mentre il Maestro rimase immobile accanto alle correnti. Scomparve, inghiottito nell'ombra, senza fare rumore.

– Avete notato qualcuno di insolito nell'ultimo periodo? – chiese Helgi al precettore.

– Di insolito, avete detto? No, non direi.

– Non si è presentato nessun forestiero?

– Mmm, ritengo che il vostro sia un quesito ben posto, benché non sia io la persona più adatta a rispondere – ammise Zecchino.

Diamante sentì quello scambio di battute, e la parola 'forestiero' gli fece subito ricordare quel volto candido dagli occhi azzurri come il cielo. Quegli occhi color del mare erano la prima cosa a cui pensava quando il sonno la lasciava il mattino, ma anche quando la riprendeva dolcemente sul far della notte.

– In effetti sì. È venuto a trovarci un forestiero... – rispose, incapace di contrastare il lieve rossore che le aveva tinto le gote.

– Chi?

– Un giovane proveniente dall'Accademia del Regno del Deserto.

Helgi affrettò il passo raggiungendola. – Che cosa avete detto?

– Non credo che sia importante – si schermì Diamante.

– Sì che lo è! Principessa! Di chi state parlando? Vi prego, spiegatemi!

Diamante si fermò, seccata da tutta quell'irruenza.

– Si chiama Rubin Blue. Si è trattenuto a corte solo qualche giorno, mi pare di ricordare che fosse un ricercatore.

– Un ricercatore? E che cosa cercava?

Diamante riprese a camminare.

– Oh, non ce l'ha mai detto. Era molto riservato.

Helgi la fissò, ma con il pensiero immaginava il

Principe senza Nome, travestito da ricercatore.

– Principessa, l'avete conosciuto di persona, questo... Rubin Blue?

Lei non rispose. Accelerò il passo.

– Si sono incontrati? Parlati? – domandò allora Helgi al precettore, afferrandolo per una manica.

– Non sono questioni che mi riguardino, signor giardiniere. E tanto meno riguardano voi!

Helgi lo strattonò. – Ma che cosa dite? Qui è in gioco la sorte dei Cinque Regni!

– Basta! – gridò Diamante.

– Principessa Diamante, Zecchino! Ascoltatemi, è importante. Il principe usa le arti magiche per

cambiare aspetto e per confondere chiunque. Assume vesti e ruoli che cambiano di volta in volta!

– Non era lui! – ribadì Diamante.

– Come fate a esserne certa?

– Sono una principessa! E so riconoscere le persone!

– Ma non lui! Il principe usa i suoi poteri per assumere sembianze di altre persone! Sceglie il suo obiettivo con molta attenzione e poi ne prende il posto, replicandone l'aspetto, le abitudini, il modo di parlare! È un nemico molto astuto e molto agguerrito.

Quando il giardiniere ebbe concluso il suo sfogo, i tre erano ormai alle porte della reggia.

– Allora potete anche essere voi – replicò Zecchino.

– Sì, potrei essere io. Ma potreste essere anche voi!

Diamante guardò i due uomini, perplessa e spaventata.

– La verità è che può essere chiunque... – ammise Helgi. – Le uniche persone in cui il principe non può trasformarsi sono le cinque principesse.

Diamante era sgomenta. – Ma...

– Vi chiedo di fare attenzione, principessa. Ripensate a questo forestiero, Rubin Blue. Ogni sospetto, ogni dubbio che le sue parole vi abbiano suscitato può essere una traccia utile.

Diamante sussultò: come osava Helgi parlarle in quel modo? Eppure capì che cosa il giardiniere le stava dicendo. Doveva cercare di calmarsi, ragionare come chi ha la responsabilità del regno e non come una ragazza... innamorata.

– Voi quindi ritenete che Rubin Blue potesse essere il principe sotto mentite spoglie?

– Bisogna considerare ogni eventualità.

A quel punto anche Zecchino espresse il suo parere:

– Anche se fosse lui il Principe senza Nome, mi chiedo come abbia fatto a rubare la strofa. Senza l'opera del Maestro delle Correnti Oscure è impossibile spostare l'acqua dalle pozze.

La principessa si portò le mani alla bocca, come trafitta da un pensiero terribile.

Helgi se ne accorse: – Che cosa succede?

– Non c'era acqua! Quando... lui era qui... le correnti erano immobili!

– Spiegatevi meglio, principessa.

Diamante cercò di calmarsi e di dominare il flusso caotico dei pensieri che le sfrecciavano nella mente.

– Poco prima dell'arrivo di Rubin Blue, una frana aveva ostruito il condotto che convoglia le acque sotterranee nelle Pozze Variopinte. Il passaggio venne liberato solo la sera successiva. Quel giorno dunque nessuno poté fare il bagno nelle pozze... e così...

– Rubin Blue potrebbe aver approfittato degli ambienti deserti e delle acque più basse del solito per cercare la strofa.

Zecchino si limitò a scuotere la testa.

– Perché siete così contrariato? – gli domandò Helgi, che non voleva tralasciare nessun indizio.

Lui indugiò, fino a quando lo sguardo della principessa, fisso su di lui, non lo costrinse a parlare.

– Avevo avvertito qualcosa di poco chiaro in quello strano figuro, ma quando provai a parlarvene, voi...

– Basta così, Zecchino! – lo interruppe Diamante.

– E invece dovevo insistere! Se l'avessi fatto... Ora forse non ci troveremmo in questa incresciosa situazione. Sono così dispiaciuto...

– Non dovete pensare che sia colpa vostra.

– E invece sì, principessa! Un precettore deve sapersi far ascoltare!

– Sono stata ingannata dai suoi modi affabili! Sembrava meritevole di fiducia. E tuttora fatico a credere che possa essere stato lui! – disse Diamante, che non ammetteva facilmente di avere torto.

Ma in cuor suo sapeva che Zecchino aveva ragione

e che era stata una sprovveduta a confidarsi con quel giovane straniero, a bere le sue parole come se fossero un nettare dolcissimo. A credere alle sue promesse.

– Ha già lasciato il regno? Sapete dov'era diretto? – domandò Helgi.

Diamante scosse il capo. Rubin le aveva parlato di molte terre diverse, della sua lunga ricerca e...

– Non so.

– Forse è ancora qui! – esclamò Zecchino.

– È poco probabile. Una volta ottenuto ciò che cerca, il principe scompare.

– Scompare? E dove va? – chiese Diamante.

– Non lo so, principessa. Quel che è certo è che la strofa da voi custodita non c'è più e il regno ora corre grandi pericoli.

Diamante si coprì il volto con le mani. Era avvilita per il furto della strofa, di cui si sentiva responsabile, e ancora più mortificata per la sua ingenuità, che l'aveva spinta a comportarsi come una bambina. Non era stato un comportamento degno di una principessa. Lei, che aveva sempre pensato di essere una sovrana impeccabile, era costretta a riconoscere che aveva ancora molto da imparare.

E lo capiva a spese dell'oggetto più importante

che il Regno del Buio custodisse. Oltre che dei suoi sentimenti più profondi.

– Non abbattetevi, principessa. Non è colpa vostra. Il principe è molto astuto e sarebbe in grado di ingannare chiunque – la consolò Helgi. – Ma noi possiamo ancora batterlo.

– E come?

Helgi non le rispose, ma le posò una mano sul capo con uno sguardo dolce e profondo.

La principessa si sentì invadere da una sensazione rassicurante di calore e, senza dire altro, rivolse al giardiniere un'occhiata piena di gratitudine.

8
Una scomparsa inspiegabile

Era stata una giornata lunga e faticosa; non appena Diamante si ritirò nelle sue stanze, respirò l'aria familiare di quegli ambienti e si sentì sollevata. Entrò nella prima sala, un ingresso con un piccolo salottino, e si lasciò cadere su una delle poltrone. Erano di velluto rosso, disposte a semicerchio intorno a un tavolino rettangolare di pietra, sul quale troneggiavano due candele e un recipiente in vetro contenente un pot-pourri che emanava una fragranza di spezie esotiche. Quelle spezie venivano dal Regno del Deserto: erano un dono di Samah, la sua amata sorella.

Lentamente sciolse i lacci dei suoi calzari, fatti di fili

di rame intrecciati fino sotto il ginocchio. Se li sfilò e appoggiò i piedi sul tappeto che copriva il pavimento. Vi era riprodotta una scena con animali e piante rigogliose e aveva una storia molto particolare: ognuna delle principesse ne possedeva uno simile e, Diamante ricordava, messi uno accanto all'altro i tappeti formavano un unico grande disegno, che raffigurava tutti i regni.

Vi posò le piante dei piedi e sentì la lana calda sotto la pelle, poi si alzò e si spostò in un secondo ambiente, più ampio del primo e dominato da un grande lampadario che pendeva dal soffitto come un gioiello prezioso. Era composto da un'infinità di cristalli che sprigionavano bagliori in tutta la sala, danzando sui muri di pietra scura, sul letto anch'esso di pietra, ricoperto di cuscini di tutte le tonalità di giallo e rosso; sul vecchio cassettone di legno che veniva da Arcandida; sulla vasta libreria che occupava un'intera parete. Era stata proprio lei, Diamante, a volere uno spazio tutto per i libri. Ogni sera, prima di addormentarsi, sceglieva un volume e ne leggeva qualche pagina. Le piaceva viaggiare con la mente in luoghi sempre diversi. Ma quella sera si sentiva troppo stanca anche per leggere.

Si diresse verso un'apertura sul lato destro della

stanza: era una piccola grotta, nella quale erano appesi tutti i suoi abiti. Si sfilò quello che indossava e mise una veste leggera di seta arancione per la notte. Amava i colori decisi, forse perché nel suo regno mancava la luce del sole a illuminare quelli più tenui.

Si avvicinò al comò e affondò le mani in un catino di acqua gelida. Si lavò il viso e lo asciugò con un telo di lino appoggiato lì accanto. Quindi si distese a letto e si addormentò profondamente.

– Diamante? Diamante, svegliati! – la chiamò una voce, strappandola ai suoi sogni.

Una ragazza sedeva sul letto della principessa e la scuoteva con le sue piccole mani. Aveva un caschetto di capelli rossi e profondi occhi blu.

– Zaffira, che cosa ci fai qui? – le chiese Diamante che, quando aprì gli occhi, si trovò di fronte la figlia di Zecchino.

– È successa una cosa terribile. Devi venire subito! – rispose lei con tono agitato.

La principessa non riuscì a reprimere un certo fastidio. – Che modi sono questi? Entrare in camera mia e disturbarmi senza nemmeno bussare!

La verità era che la principessa non nutriva una particolare simpatia per la ragazza che, come il padre, era sempre precisa, puntuale, preparata, perfetta in tutto. A volte non le sembrava nemmeno reale. E spesso Diamante la sgridava per delle piccole cose, per il solo gusto di provare a se stessa che le persone perfette non esistono.

– Ti prego, andiamo – insistette ancora Zaffira, con fare supplicante.

Diamante la fissò nei suoi grandi occhi blu, ma non riuscì ad alzarsi dal letto. Poi, però, rifletté su quanto era avvenuto il giorno prima, sulle parole di Helgi, sui possibili pericoli che avrebbero potuto minacciare il regno e si alzò di scatto.

Che cosa poteva essere successo ancora?

– Vengo, vengo! Ma basta con questo lamento e spiegami cos'è successo.

– L'uomo che è arrivato ieri, il giardiniere di Arcandida...

– Sì?

– Ecco, non sappiamo…

– Gli è successo qualcosa? Parla!

– È scomparso.

– Come sarebbe, scomparso?

– Mio padre questa mattina l'ha atteso fuori dalla sua stanza per condurlo alle cucine di granito. Voleva accompagnarlo a colazione, ma il giardiniere si attardava a uscire. Così ha bussato e, non avendo risposta, è entrato. Quando ha trovato il letto vuoto, ha dato l'allarme.

– Perché nessuno mi ha avvisato prima?

– È accaduto poco fa, Diamante, e io sono venuta subito a dirtelo.

Era vero: Zaffira era lì, in apprensione, a raccontarle l'accaduto. Ma la principessa non voleva darle la soddisfazione di elogiarla, non in quel momento.

– Dammi un istante per vestirmi.

Zaffira uscì dalla stanza con passo leggero e portamento elegante, senza aggiungere altro.

La mente della principessa fu attraversata da un pensiero, affilato come una lama di coltello. Il principe aveva la capacità di assumere sembianze diverse. Ragion per cui bisognava fare molta attenzione agli sconosciuti. E a tutti i forestieri che si sarebbero presentati a corte!

Helgi non era forse un forestiero?

In preda a una strana inquietudine, si affrettò a lasciare i suoi appartamenti e a seguire Zaffira.

– È vero dunque? Helgi è scomparso? – chiese a Zecchino, quando raggiunsero la stanza del giardiniere.

La camera si trovava nell'ala est della reggia, sul lato opposto rispetto alle stanze reali. Diamante si domandò se non fosse stato un errore sistemare Helgi così lontano. Forse, se avesse dormito nella stanza accanto alla sua, Diamante avrebbe potuto sentire qualcosa.

Zecchino non tardò a risponderle. – Temo che i vostri timori siano fondati, principessa. Del signor giardiniere non vi è la minima traccia.

– Non ha lasciato nemmeno un biglietto?

Il precettore scosse il capo. – Il suo letto è intatto, dal che si può dedurre che non ci abbia neppure dormito.

– Avviate le ricerche, Zecchino! Lo troveremo – ordinò Diamante, cercando di cacciare dalla mente timori e paure. – Lo troveremo!

In cuor suo, però, temeva che il giardiniere potesse essere stato rapito dal Principe senza Nome.

O, peggio ancora, che il giardiniere fosse il Principe senza Nome.

9

Chi cerca trova?

Gli abitanti del Regno del Buio frugarono ogni angolo possibile, ma nemmeno le abili ed esperte talpe della guardia reale riuscirono a trovare Helgi. Sembrava svanito nel nulla.

– A questo punto non so che cosa pensare – concluse Diamante, abbandonata sul suo trono di pietra.
– Potrebbe essergli capitata qualunque cosa. Forse si è perso. Forse...

Zecchino, di fronte a lei, le rispose pacato. – Ritengo improbabile che un uomo esperto e valente come Helgi possa perdersi. Sembrava sicuro del fatto suo, quindi dubito che si sarebbe mai avventurato nei meandri oscuri del regno senza conoscere la via.

– E se invece avesse avuto una destinazione precisa?

– Ma chi può conoscere gli infiniti snodi delle grotte del buio? – le ricordò Zecchino.

Era uno dei grandi problemi del regno di Diamante: generazioni di cartografi e di esploratori si erano succedute nel tentativo di disegnare una mappa completa delle gallerie, ma il compito sembrava impossibile e irrealizzabile: ogni anno si aprivano nuovi tunnel, quelli più antichi crollavano, il calcare disegnava nuove colonne e torri di pietra, i fiumi sotterranei cambiavano direzione...

Il Regno del Buio era un regno in continua evoluzione. Oscuro, ma simile a un'immensa creatura vivente.

– Nessuno – rispose Diamante. – Voi che cosa pensate, Zecchino?

Il precettore non le rispose subito.

Diamante lo incalzò con lo sguardo.

– Ecco, io temo che sia stato rapito.

– Rapito?

– Sì!

– Ma da chi? Chi potrebbe rapire una persona nel mio regno? Nella mia corte? Nel mio palazzo? Forse il Principe senza Nome è qui tra noi! Forse vuole vendicarsi del fatto che Helgi è venuto ad avvisarci.

Zecchino era perplesso. Quella spiegazione non aveva senso. E non era da lei. Diamante aveva un carattere molto esuberante, il suo umore oscillava spesso tra alti e bassi e la sua testa era sempre fitta di mille pensieri, a volte in contrasto l'uno con l'altro.

Il suo compito di precettore era proprio quello di guidare quei pensieri, di allinearli secondo un filo più logico e pratico.

– Vi chiedo di ragionare, maestà. E di ragionare con me. Dobbiamo riflettere bene prima di trarre conclusioni affrettate.

~*~

Nel frattempo il giovane Ortensio, ignaro del dramma che si stava svolgendo entro le mura della reggia, era intento a curare ortaggi e frutti nei Campi Erbosi. Lo faceva ogni mattina, dedicandovi diverse ore. Oltre che un lavoro, era una vera e propria passione per lui. Aveva provveduto a piantare una grande varietà di ortaggi, in modo che la corte potesse nutrirsi sempre di cibi freschi e appena colti.

Quel giorno era decisamente preoccupato, perché le

rape piccanti avevano preso una brutta malattia che ne comprometteva le radici, facendole marcire.

– Come posso fare adesso? Ho provato ogni rimedio e non c'è nulla che funzioni – si disse a voce alta.

Alla fine decise di dissodare la terra con una piccola vanga, poi innaffiò abbondantemente e aggiunse qualche goccia di concime dove lo ritenne necessario. Quand'ebbe finito, si asciugò la fronte imperlata di sudore e osservò soddisfatto il suo operato. Quindi raccolse alcune grosse radici dolci, un po' di insalata capriccina, qualche chilo di patate rosse e alcune manciate di piselli nani per la zuppa che piaceva tanto alla principessa Diamante.

Vederla felice di fronte al piatto fumante lo riempiva sempre di soddisfazione.

Infine sistemò tutto in una gerla,

se la caricò sulle spalle e si diresse verso la reggia di Terratonda, che era abbastanza distante.

Camminava lentamente, senza perdere il ritmo, canticchiando un motivetto che gli aveva insegnato Zaffira. Lei ne conosceva parecchi, perché era una musicista. Suonava il pianoforte molto bene e spesso inventava lei stessa qualche brano che poi gli faceva ascoltare.

Ortensio era affascinato dalla musica e pensava che Zaffira fosse molto fortunata a possedere quello che lui chiamava "il dono musicale".

Anche lui, a dire il vero, aveva un dono: un talento naturale per la botanica e per la cura delle piante di tutti i tipi.

Perso nei suoi pensieri, Ortensio quasi non si accorse che sul pavimento del tunnel, alcune decine di metri davanti a lui, c'era qualcosa. Dovette attendere di essere più vicino per accorgersi che si trattava di un uomo, steso al suolo.

– Per mille carote giganti!

Appoggiò la gerla con gli ortaggi e si avvicinò al corpo, con circospezione.

Alla luce della torcia, notò che l'uomo indossava abiti pesanti: un mantello, stivali, pantaloni di velluto.

Era immobile e non dava segni di vita. Così il ragazzo si avvicinò e si accorse che l'uomo era ferito alla nuca.

– Devo chiamare aiuto! – disse, guardandosi intorno. Ma non c'era nessuno a cui potesse rivolgersi.

Ritornò a guardare lo sconosciuto. Stava per toccargli una spalla, quando si mosse all'improvviso. Ortensio fece un balzo indietro, spaventato.

– Chi siete? – domandò.

L'uomo si mosse ancora. Stava cercando di alzare il capo e sembrava che quella semplice operazione gli costasse un'incredibile fatica.

Alla fine ci riuscì, e Ortensio si sentì percorrere da capo a piedi da uno sguardo profondo e indagatore.

L'uomo cercò di parlare, ma dalla bocca non gli uscì che qualche suono sconnesso.

– Non affaticatevi. Corro subito a chiamare aiuto.

Ma l'altro gli prese una manica della camicia e lo trattenne.

– Ac-qua – riuscì a dire.

– Ma certo, che sciocco! Acqua! Subito! Ecco qui!

Ortensio prese la borraccia che teneva legata alla cintura e gliela porse. Vedendo la difficoltà dell'uomo, lo aiutò a bere e gli bagnò il viso per rinfrescarlo.

Lo sconosciuto abbozzò un sorriso.

Allora Ortensio lo osservò: il giovane aveva due occhi azzurri fieri e luminosi, i capelli color dell'oro e un corpo robusto.

Ma che cosa ci faceva là sotto e in quelle condizioni, per di più?

Sapeva che non sarebbe servito a nulla chiederglielo, perché parlava a stento; così si alzò per tornare alla reggia. Ma l'uomo di nuovo lo trattenne e, non senza difficoltà, si alzò in piedi.

Quando se lo trovò faccia a faccia, Ortensio notò che era più alto di quanto gli era sembrato a una prima occhiata. Si teneva la testa con una mano e con l'altra si appoggiava alla parete di roccia del tunnel. Sollevò lo sguardo e disse: – Riesci ad aiutarmi?

Quindi sollevò un braccio verso il ragazzo, che capì al volo e gli andò vicino, in modo che l'uomo potesse metterglielo intorno alle spalle e sorreggersi a lui.

– Vi porto alla reggia di Terratonda, governata dalla principessa Diamante. Lì sapranno come aiutarvi.

Prima di incamminarsi, si rimise la gerla carica di ortaggi sulle spalle; certo sarebbe stato più faticoso procedere così, con due pesi da sostenere, ma non aveva scelta.

Del resto Ortensio, anche se non si poteva considerare certo dotato di acuta intelligenza, era di sicuro molto robusto.

Così, un passo dopo l'altro e con non poca fatica da ambo le parti, i due si avviarono verso Terratonda.

10

Il tempo stringe

Mentre la principessa Diamante si arrovellava sulla scomparsa di Helgi, ignara che Ortensio stesse accompagnando a Terratonda un altro ospite inatteso, ad Arcandida gli animi dei presenti erano sempre più tristi e sconsolati.

L'intera corte era stata colpita da un incantesimo terribile, che l'aveva imprigionata in un unico, freddo blocco di ghiaccio.

La principessa Kalea non smetteva di controllare lo spessore e il colore del ghiaccio, domandandosi se e quando sarebbero riusciti ad annullarne l'effetto. Guardava sua sorella Nives, immobile in quella morsa trasparente, con una sensazione di impotenza e di profonda frustrazione. Solo il Fuoco Fatale, custodito in un antro segreto nel Regno del Buio, avrebbe potuto spezzare l'incantesimo. Kalea doveva avere fiducia in questa soluzione.

Sapeva che Gunnar prima e Yara poi si erano lanciati nel Fossato Fremente per raggiungere il Regno del Buio. E se il primo era sceso per mettere in guardia Diamante dal pericolo del Principe senza Nome, sua sorella era invece in marcia per sprigionare il potere del Fuoco Fatale.

Nonostante la tristezza che aveva in cuore nel vedere la sorella e la corte in quelle condizioni, Kalea non aveva perso la fiducia, come il suo carattere le suggeriva di fare. Sapeva che la bontà, la rettitudine e l'impegno vengono sempre premiate. Quindi anche per Nives le cose si sarebbero risolte nel miglior modo possibile.

Accarezzò la superficie del ghiaccio, che si faceva ogni ora più blu.

Questo la preoccupava molto: che cosa sarebbe successo se il ghiaccio avesse perso tutta la sua trasparenza diventando un ghiaccio perenne?

– E se andassimo anche noi nel Regno del Buio? – disse una voce alle spalle della principessa.

Purotu, il fratello adottivo della Principessa dei Coralli, era entrato nel salone senza che lei se ne accorgesse.

– Sai anche tu che non è possibile! È già andata Yara, dobbiamo avere pazienza.

Il ragazzo, però, non era convinto. – E se avesse bisogno di aiuto? Io sono forte e veloce. Lo sistemerei io, quel Principe Malvagio! – disse sferrando un pugno all'aria davanti a sé.

Kalea sorrise.

– Perché ridi? Sto parlando sul serio.

– Sai che non riderei mai di te. Piuttosto sorrido, perché sono felice di vedere che ormai sei diventato un uomo. E, credimi, nel momento in cui il Fuoco Fatale verrà a contatto con questa prigione di ghiaccio... be'... esattamente non so che cosa succederà. Ma sarà importante che noi siamo qui – spiegò Kalea, indicando il blocco gelido accanto a lei.

– Sei sempre ottimista, sorellina?

– È il mio modo di vivere – rispose Kalea con un sorriso dolce.

– Io invece non riesco ad avere pazienza! Mi mancano il mare, la pesca, le immersioni, i delfini... Non ce la faccio più a restare qui con le mani in mano!

– E allora perché non prendi uno dei lupi per fare una corsa nella pianura ghiacciata? – propose a quel punto una terza voce, facendo capolino nella stanza.

Era Haldorr, il vecchio bibliotecario. Stava ritto, in piedi, sulla porta, come uno di quegli uccelli che dormono su una zampa sola. – Sono sicuro che anche gli altri lupi ti seguiranno volentieri. Da quando Gunnar se n'è andato sono rimasti fermi qui ad Arcandida e di certo ne soffrono, abituati com'erano a lunghe corse quotidiane.

– Dite davvero?

Il vecchio bibliotecario annuì.

– Un momento; non è che mi divoreranno?

– Questo non te lo posso assicurare – disse lui strizzando l'occhio a Kalea. – Sono lupi, dopotutto.

Purotu ci pensò meno di un istante. – Correrò il rischio!

Poi si precipitò fuori dalla sala.

– Prendi un mantello pesante. Farà freddo – provò a suggerirgli Kalea, ma Purotu era già troppo lontano per sentirla.

– È bello vedere tanta energia – commentò poco dopo Haldorr.

– Già – rispose Kalea lanciando uno sguardo al

blocco di ghiaccio. – Presto li libereremo, Haldorr. Non è vero?

– Sì, ci riusciremo.

– Dov'è Samah, adesso?

– Venite con me – rispose allora lui, facendo strada verso la scala.

Salirono fino all'ultimo piano del castello, dove si trovavano le soffitte. Lì videro una porta aperta dalla quale soffiava un vento gelido. Entrarono stringendosi nelle spalle. Si avvicinarono alla finestra spalancata e Haldorr invitò Kalea a guardare fuori.

Quando la Principessa dei Coralli si sporse vide Samah, la Principessa del Deserto, seduta sulle tegole del tetto, accanto alla finestra. Indossava un pesante mantello scuro e stava suonando un piccolo flauto.

Era il flauto che le aveva donato Darany, il musicista di corte di Jangalaliana, nel lontano Regno delle Foreste.

Il vento era così forte che solo avvicinandosi di più Kalea riuscì a intuire la melodia struggente che sua sorella stava suonando.

La Principessa del Deserto teneva gli occhi chiusi, come se la sua mente fosse in viaggio, in luoghi lontani. Forse stava parlando con il vento, lo stava interrogando per avere le risposte che cercava su Nives, su Diamante, sulle sorti della loro famiglia. Così anche Kalea chiuse gli occhi e provò a inseguire il vento, per ritrovare suoni e profumi dei suoi adorati fiori e, seppure per un istante, le parve di sentirli.

Quando riaprì gli occhi, si portò un dito alle labbra e fece segno ad Haldorr di tacere. Quindi i due si ritirarono dalla finestra e tornarono nel corridoio.

11

Arrivo a Terratonda

Ortensio e lo straniero camminavano lentamente lungo il tunnel che portava alla reggia di Terratonda.

Gunnar non aveva la minima idea di chi o che cosa potesse averlo colpito, né riusciva a immaginare il motivo di quell'aggressione. Non gli era stato rubato nulla, quindi quel gesto rimaneva senza spiegazione.

Procedeva aggrappato al suo nuovo compagno di strada, guardandosi intorno con lo stupore di un esploratore in un luogo sconosciuto. A un certo punto si trovarono in una galleria dal soffitto enorme, scavata in una pietra che sembrava fragile e dura al tempo stesso. L'aria che respiravano era calda e densa, impregnata di un forte odore di terra e zolfo, pungente al punto da solleticargli il naso.

– Sentite dolore? – chiese a un tratto Ortensio, preoccupato per l'andatura affaticata dello straniero.

Gunnar annuì.

– Dove?

– La testa – la capacità di parlare gli stava tornando a poco a poco.

– Coraggio, non manca molto alla reggia. Su, appoggiatevi a me!

– Grazie. Sei gentile, ragazzo.

Anche Ortensio fu felice di constatare che l'uomo parlava con più facilità, segno che stava meglio. Ma solo in quel momento si rese conto che non gli aveva nemmeno chiesto il suo nome.

La principessa lo avrebbe certamente rimproverato. Già immaginava le parole che gli avrebbe detto: 'Non si fa così, Ortensio. Poteva essere un ladro, un brigante, un truffatore. Dal nome di una persona si capiscono molte cose'.

Quindi si fece coraggio, si fermò nel bel mezzo di un corridoio e domandò allo sconosciuto: – Scusate se ve lo chiedo solo adesso, ma… potreste dirmi il vostro nome?

L'uomo si accigliò, cosa che per un attimo fece pentire Ortensio della domanda. Poi rispose: – Ti devo delle scuse, ragazzo. Non è mia abitudine non presentarmi. Forse il colpo che ho ricevuto ha offuscato le mie buone maniere, oltre ai miei pensieri. Mi chiamo Gunnar e sono il Principe del Regno dei Ghiacci.

– Per mille carote giganti! – esclamò allora Ortensio, sorpreso. – Siete un principe? Un principe in carne e ossa?

Ortensio, da ragazzo umile e puntiglioso qual era, si emozionò alla scoperta dell'identità dell'uomo e, subito dopo, si preoccupò di non essere all'altezza della situazione. Ma dopo un momento si compiacque: in fin dei conti aveva salvato nientemeno che un principe ferito!

– Principe Gunnar, mi dispiace se...

– Di che cosa ti dispiace, ragazzo?

Ortensio non lo sapeva, di cosa dispiacersi, ma era stato educato a chiedere sempre scusa prima di vantarsi di qualcosa e così aveva fatto anche quella volta.

– Mi hai appena salvato la vita! – continuò Gunnar. – Ti sono debitore!

E poiché era detto da un principe, doveva essere vero per forza.

– Be', veramente... – balbettò Ortensio. – Ora dobbiamo andare a corte, e in fretta! Cioè, in fretta quanto voi riuscite a camminare! – aggiunse poi.

Un principe! Ortensio ancora non riusciva a crederci: aveva salvato un principe!

Camminarono ancora un'ora, prima di raggiungere uno degli ingressi della reggia di Terratonda. Quando se lo trovò di fronte, il Principe dei Ghiacci non poté trattenere la sua più profonda ammirazione. Addirittura, per ammirare più da vicino quel capolavoro di pietra scolpita, si arrischiò a fare qualche passo senza l'aiuto di Ortensio.

– Che meraviglia! – disse, fissando il portale che chiudeva l'apertura del tunnel.

Era in pietra, con una porta a doppia anta decorata a bassorilievo: raffigurava due splendidi alberi, sui cui rami erano abbarbicati animali meravigliosi. Al di sopra risaltava una farfalla riccamente ornata. Gunnar non aveva mai visto niente di simile.

– Vi piace? – gli chiese Ortensio.

– È bellissimo – mormorò Gunnar, sfiorandolo. – Chi ne è l'artefice?

– Scalpellino Cuor di Selce, un artista del regno, che ho conosciuto di persona, anni fa; lui ora è molto anziano, ormai, ma è uno degli uomini più saggi del regno.

– Negli altri regni, nel mio, almeno... si parla del Popolo del Buio come di uomini riservati e coraggiosi.

– Forse è così, ma non sono io a poterlo dire. Andiamo, principe! – lo incitò Ortensio, con una certa ansia.

Gunnar indicò poi uno strano numero scolpito sopra al portone di pietra: il numero 3.

– E quel numero? – chiese poi.

– Terratonda ha dodici porte, ognuna contrassegnata da un numero. Noi, per l'appunto, ci troviamo alla 3.

– Quindi, se ho capito bene, il Regno del Buio è formato da molti livelli, che si avvicinano via via alla corte, che si trova nel mezzo. Un'architettura ingegnosa!

– Io ho impiegato due anni a comprenderla! – ammise. – E se devo essere sincero, è davvero difficile orientarsi in questo labirinto di grotte e tunnel.

Poi fece un gesto in aria: un grande tondo, per indicare Terratonda.

Era quello il centro del regno.

Gunnar varcò il portone in compagnia del suo nuovo amico, e incontrò lo sguardo di due grosse talpe, che presidiavano l'ingresso. Erano molto più grandi delle talpe che conoscevano e stavano dritte sulle zampe posteriori reggendo ciascuna una lancia. Portavano una grande fascia bianca decorata da uno stemma.

Avvicinandosi, Gunnar riconobbe nello stemma il disegno di una farfalla con le ali spiegate. Lo stesso che aveva visto sul portone d'ingresso. Doveva essere il simbolo di Terratonda, pensò.

– Sono le vostre guardie? – chiese a Ortensio, quando vide che le due talpe si erano messe sul chi vive.

– Sì, le talpe della guardia reale – replicò Ortensio. – Sono molto scrupolose e hanno un udito e un olfatto finissimo. Hanno un bel caratterino e mi tocca litigarci piuttosto spesso. Sapeste quanto sono permalose…

A dimostrazione di quell'ultima dichiarazione, le due guardie incrociarono le armi, indispettite.

Ortensio sospirò e annunciò l'ospite alla più grossa delle due talpe. – Vi presento il principe Gunnar!

A quelle parole, le guardie si fecero da parte, con un gesto cerimonioso.

– Grazie! – rispose Gunnar, superando le due guardie e svoltando nella galleria successiva. Notò che il soffitto della grotta si alzava all'improvviso, e il nuovo tratto era talmente lungo che non se ne vedeva la fine. Il pavimento, ora, era percorso da una pedana del colore argento e dall'alto soffitto oscillavano preziosi lampadari, bassi e larghi, come giganteschi ciondoli.

– Benvenuto a Terratonda – si limitò a dire Ortensio, prima di imboccare il corridoio.

– Sono curiose, le vostre guardie!

– Già. Come vi dicevo, sono un po' suscettibili ma in quanto talpe conoscono questi luoghi molto bene, dal tunnel più ampio al cunicolo più stretto. Anzi, buona parte del regno lo hanno creato proprio loro, con le loro zampe!

Gunnar seguì Ortensio in un nuovo ampio cortile sotterraneo, dove incontrarono altre talpe, questa volta vestite semplicemente, con grandi sacchi sulla schiena.

– Dove vanno così di corsa? – domandò Gunnar.

– Alle dispense di granito.

– E cosa trasportano, in quei sacchi?

– Sale. Cinque livelli sotto a dove ci troviamo inizia la più grande miniera di sale di tutti i regni!

– Sale...

– È la nostra ricchezza: lo commerciamo con tutti i regni, in cambio di altre merci.

– E sono le talpe a estrarlo?

– No! È un'operazione complessa che richiede grande perizia. Le talpe, però, sono delle eccellenti scavatrici e il loro contributo è fondamentale nella prima parte delle operazioni: l'apertura del tunnel. Poi, all'estrazione vera e propria, pensano gli abitanti del Regno del Buio. Dopodiché tornano in azione le talpe, e questa volta per il trasporto!

Gunnar osservava stupito ogni cosa. Tutto era così nuovo, laggiù.

Il mondo sotterraneo di Diamante era qualcosa di completamente diverso da ciò che aveva visto finora nella sua vita!

12

L'incontro

Lì dietro c'è la sala del trono – disse Ortensio quando raggiunsero una grande porta di pietra, anch'essa decorata a bassorilievo ma più piccola di quella d'ingresso. – Entro prima io per annunciarvi.

Gunnar ebbe un sussulto. Stava per conoscere la principessa Diamante, sorella gemella di sua moglie.

Quando Ortensio entrò, trovò Diamante seduta accanto al trono, che guardava un punto indefinito davanti a sé. Gli sembrò molto pensierosa.

– Ben trovata, principessa Diamante! – la salutò con voce squillante.

Lei si voltò e gli rivolse un sorriso appena accennato.

– Benvenuto Ortensio. Sei stato ai campi, vedo... – disse osservando la gerla che il ragazzo portava ancora in spalla.

– Sì, e ho raccolto i piselli nani per voi, principessa. Questa sera potrete gustare la vostra zuppa preferita!

– Grazie.

– Vi sentite bene? Sembrate preoccupata.

– Oh, sì, Ortensio. Lo sono. Ieri è arrivato un ospite, un amico, che oggi è misteriosamente scomparso. L'hai incontrato fuori dalle cucine, ma non ho fatto in tempo a presentartelo. Aveva un cappello in testa e...

Ortensio però già non la ascoltava più. Avvertiva una forte agitazione: non ricordava l'uomo che era con lei fuori dalle cucine. E si chiese se potesse essere lo stesso che aveva trovato e soccorso. Ci rifletté un istante. Però il principe non portava cappello. Forse poteva averlo perso... E allora questo avrebbe significato che lui... aveva trovato l'ospite scomparso!

– Forse posso aiutarvi! – disse felice, e uscì dalla stanza per rientrarvi poco dopo insieme a Gunnar. Diamante lo osservò con grande sospetto.

– E voi chi siete? – chiese con tono imperioso, alzandosi in piedi.

Ortensio la guardò, sconfortato. Era evidente che

l'uomo non era lo stesso che la principessa stava cercando.

Abbassò lo sguardo e attese l'inevitabile ramanzina. Quando mai ne combinava una giusta? si domandò.

– Il mio nome è Gunnar e sono il Principe dei Ghiacci – si presentò l'ospite. – È solo grazie al vostro fidato Ortensio se sono riuscito a raggiungere la reggia.

Diamante rivolse un'occhiataccia di rimprovero a Ortensio e poi disse: – Come osate? Non esiste alcun Principe dei Ghiacci! Quel regno è governato dalla principessa Nives, mia sorella! – ribatté, sicura, con la grinta che le era propria.

– Non volevo offendervi, principessa Diamante.

– Come sapete il mio nome? Io non ve l'ho detto! Sei stato tu, Ortensio?

– Ecco... io... veramente...

– Non prendetevela con lui – intervenne Gunnar. – È stato fin troppo gentile e premuroso con me. E mi dispiace di presentarmi da voi così, senza preavviso, ma si tratta di un'emergenza e...

Senza nemmeno ascoltarlo, Diamante emise un fischio a labbra socchiuse. Dal soffitto scuro della sala del trono si staccarono quattro enormi farfalle, che circondarono lo straniero, bloccandolo con le ali.

Quindi sopraggiunse una milizia di talpe della guardia reale, che si dispose intorno alle farfalle e minacciò Gunnar con le sue lunghe lance.

Lo sconosciuto non tentò nemmeno di reagire.

– Ora ditemi chi siete davvero – ripeté ancora una volta la principessa.

– Sono Gunnar, Principe dei Ghiacci, marito di vostra sorella gemella Nives.

A quelle parole, l'espressione dura dipinta sul volto della principessa si distese in una smorfia di stupore.

– Marito? Di Nives? Ma non è possibile!

– Non avrei motivo di mentirvi.

Diamante lo scrutò come faceva con le pietre preziose prima di decidere se e come lavorarle.

– Sedete e raccontatemi quali sono le ragioni che vi hanno condotto fin qui. Siate convincente,

perché non ho ancora deciso se credervi o meno.

– Portagli un po' d'acqua, per favore – chiese poi a Ortensio, accorgendosi delle condizioni precarie dell'uomo. – E anche qualche garza e del nettare di fungo vipera! – aggiunse notando la ferita alla testa.

Nel sentire la parola fungo vipera, il Principe dei Ghiacci ebbe un sussulto.

– Non preoccupatevi, non è velenoso. Anzi, è un potente disinfettante.

Entrambi sorrisero, almeno per un istante.

Ma Diamante non poteva evitare di chiedersi: chi era davvero, lo sconosciuto seduto davanti a lei? E dov'era il giardiniere di Arcandida?

13
La storia di Gunnar

Diamante e Gunnar sedevano uno di fronte all'altra. Mentre aspettavano l'arrivo dell'acqua e delle cure, fu lei a parlare: delle sue sorelle e della sua famiglia.

Lui la osservava. La somiglianza con Nives era incredibile: erano due gocce d'acqua!

– È come essere seduto di fronte a lei – disse a un tratto a voce alta, gli occhi limpidi e chiari.

Diamante smise di parlare, quasi imbarazzata dall'intensità di quello sguardo.

– Adesso raccontatemi il motivo del vostro viaggio. Se provenite dal Regno dei Ghiacci, come dite, avrete affrontato molti pericoli: come siete arrivato sin qui?

– Ho attraversato il Fossato Fremente.

– E siete sopravvissuto?!

– A stento. Ma avevo una ragione più che valida per rischiare. Principessa Diamante, la mia amata, la mia corte e tutto il mio regno, sono in grave pericolo. E temo lo siate anche voi.

– Alludete al Principe senza Nome?

– Quindi sapete? Siete a conoscenza del fatto che tutti e cinque i regni sono sotto la minaccia di quell'uomo?

– Purtroppo sì...

Gunnar si alzò in piedi, scosso. – È già stato qui?

– Forse.

– E la vostra strofa? – nella foga di porre quella domanda, Gunnar vacillò, rischiando di cadere a terra.

– Calmatevi, adesso. Agitarvi può solo peggiorare la situazione. Non conosco il principe, per mia fortuna. O non l'ho riconosciuto. Ma ne ho sentito parlare e sono stata informata delle sue... arti.

– Chi ve ne ha parlato? – chiese Gunnar sedendosi.

– È stato Helgi, il vostro giardiniere.

– Helgi? Allora è qui! L'abbiamo cercato ovunque, ad Arcandida!

– È arrivato ieri. Ci ha avvisato dei piani del Principe Malvagio e ci ha messo in guardia, ma... troppo tardi. La strofa era già stata rubata.

– No!

– Temo che sia così.

– E ora dove si trova Helgi? Potete chiamarlo?

Diamante abbassò lo sguardo. – Purtroppo no. È scomparso, senza lasciare tracce. Questa mattina abbiamo trovato la sua camera vuota.

Gunnar si sentì mancare. – Stiamo parlando dello stesso Helgi?

– Non ne sono sicura, principe. Non sono più sicura di niente. E il dubbio mi corrode, rendendomi impaziente.

– Per quale motivo avrebbe dovuto andarsene, se era appena arrivato?

– Io credo che avesse un motivo preciso, oppure... Oppure gli è accaduto qualcosa.

Rimasero in silenzio per alcuni istanti.

– Ditemi di mia sorella, ora. Perché non mi ha avvisato delle nozze? – riprese poi Diamante.

– È accaduto tutto molto in fretta, e...

Gunnar le rivolse uno sguardo affranto.

– Che cosa le è successo?

– È inutile che ci giri intorno. Nives e il resto della corte sono vittime di un incantesimo del Principe senza Nome, che li ha imprigionati in un blocco di ghiaccio.

– Oh, no! Non è possibile!

Gunnar le raccontò quanto era successo, omettendo i particolari più crudi.

– E voi? – domandò la principessa. – Come mai voi non siete stato imprigionato?

– Io ero in viaggio verso il Regno dei Coralli, per avvisare Kalea del pericolo che correva la sua strofa. E con vostra sorella ci siamo recati a Roccadocra e da lì nel Regno delle Foreste.

– Un lungo viaggio!

– Sì – ammise Gunnar.

– Kalea, Samah e Yara stanno bene? Ditemi di sì, vi prego!

Gunnar annuì. – Loro sì. Immagino siano ad Arcandida, ora, che aspettano nostre notizie.

– Capisco. E mentre voi viaggiavate per i Cinque Regni, io ero qui sotto, ignara di ogni cosa...

– Ma non più, ormai. Ora sapete tutto e potete aiutarmi.

– In che modo?

– C'è un secondo motivo per cui sono sceso da voi, oltre a mettervi in guardia. Il ghiaccio in cui Nives e la corte sono imprigionati è magico, risultato di un incantesimo proibito. Con il passare dei giorni, diventa sempre più compatto, come pietra. È come se quel ghiaccio fosse vivo, capite? Ma anziché invecchiare, con il passare del tempo si indurisce e perde lucentezza. Diventerà come roccia eterna. E allora non sarà più possibile scioglierlo.

Diamante si portò le mani al viso. – È terribile. E non esiste un rimedio per cancellare l'incantesimo?

– Esiste, ma è piuttosto complesso e comunque non potrei metterlo in atto senza il vostro aiuto. Per questo ho bisogno che vi fidiate di me: che mi crediate... – affermò Gunnar, deciso.

La principessa esitò un istante.

Di nuovo quelle parole. Aiuto. Fiducia. Ho bisogno che mi crediate. Non erano passati molti giorni da quando un altro uomo, ancora più affascinante di Gunnar e ancora più determinato, le aveva rivolto le stesse frasi. E l'aveva convinta a credergli.

Il ricordo di Rubin Blue e di quanto, ora, si sentiva ingenua e infantile, era vivido nella sua mente.

Ma quel Gunnar, ferito eppure indomito davanti a lei, le trasmetteva dedizione e coraggio.

Non aveva forse detto, Helgi, che solo le principesse potevano decidere chi stesse mentendo e chi, invece, stesse dicendo la verità? Non erano forse solo loro, le cinque sorelle, l'essenza più pura dei Cinque Regni?

Dunque doveva decidere. E a costo di ripetere i suoi errori, come spesso faceva, si convinse a credergli.

– Ti credo, principe Gunnar. Dimmi che cosa ti occorre e ti aiuterò. Ma ti prego di non farmene pentire –. Anche il tono della voce era diventato più familiare, ora.

Lui sorrise, a fatica. – La rapidità con cui decidi mi ricorda molto tua sorella.

Diamante non replicò.

In quel momento tornò Ortensio con un vassoio

colmo di tutto ciò che la principessa gli aveva ordinato di portare. Porse l'acqua a Gunnar, che bevve avidamente. Poi Diamante prese le garze di lino sottile e le cosparse di nettare di fungo vipera, una crema densa dal colore della terra e dall'odore pungente, che ricordava il muschio bagnato di una foresta. Medicò la ferita di Gunnar con molta delicatezza.

Lui non si mosse né emise un gemito. Era un uomo forte, pensò la principessa. Forte e vigoroso.

Quando ebbe terminato, congedò Ortensio, e riprese il discorso da dove si erano interrotti.

– Stavamo parlando di cosa ti occorre per combattere il ghiaccio...

– Forse l'unica soluzione è quella di liberare le fiamme nell'Antro del Fuoco Fatale!

Diamante spalancò gli occhi. – Parli sul serio? È quanto di più selvaggio esista nei regni e nessuno può sapere cosa succederebbe, se solo se ne perdesse il controllo...

– Dobbiamo correre il rischio. Il Fuoco potrebbe

essere l'unico mezzo per salvare Nives e la corte dalla morsa del ghiaccio. E tu... sei la sola persona in grado di domarlo.

Come il Maestro delle Correnti Oscure, pensò la principessa. Quell'uomo agiva sull'acqua. Lei avrebbe dovuto agire sul fuoco. Si scoprì spaventata. Suo padre le aveva spiegato ogni cosa sull'Antro del Fuoco Fatale, senza mai nasconderle la pericolosità di quel luogo.

– Ci sono delle prove da superare, per poterlo raggiungere –. Poi spiegò: – Guardiani.

– Ma con il tuo aiuto non dovrebbe essere difficile.

Diamante scosse il capo. Stava succedendo tutto troppo velocemente. Prima l'arrivo di Rubin, le sue promesse. Poi il racconto di Helgi. Poi la scoperta della strofa rubata e il rimprovero del Maestro delle Correnti. Ora la notizia di Nives e il pericoloso viaggio di suo marito.

Diamante si era sempre lamentata dell'immobilità del suo regno e dell'infinità di tempo che aveva a disposizione, della sottile noia che provava nel poter vivere avventure straordinarie solo sui libri (anche se adorava farlo), mentre ora... ora scopriva che l'azione, quella vera, la terrorizzava e l'infastidiva ancora di più del rimanere a palazzo senza avere nulla da fare!

E poi, rifletté ancora, cosa ne sarebbe stato del Fuoco Fatale una volta sciolto il blocco di ghiaccio?

Gunnar interruppe il corso dei suoi pensieri: – Che cosa stai meditando?

Diamante lo guardò dritto negli occhi: – Che è bene che riposi, Gunnar. Lascia agire la medicazione: sei molto provato e in queste condizioni saresti comunque di scarsa utilità. Ti farò condurre in una stanza per gli ospiti.

Questa volta vicina alla mia, pensò.

– E non appena ti sarai svegliato ci organizzeremo per la nostra, chiamiamola così, missione.

14
I gioielli di Diamante

Gunnar riposò solo poche ore, ma quando si svegliò si sentiva in forze. Uscì dalla stanza in cui era stato accompagnato e cominciò a vagare per la reggia di Terratonda.

Era un palazzo molto suggestivo, un labirinto di corridoi e sale a volta per lo più illuminate da luci fioche e ambrate, immerso in un'atmosfera tiepida, a tratti percorso da correnti più calde, con un sottofondo continuo di acqua corrente. Zampillava dai muri o dai pavimenti che parevano di cristallo, creando suggestivi giochi d'acqua alla luce delle fiaccole.

A un certo punto Gunnar si trovò di fronte una porta appena socchiusa. Attraverso la fessura filtrava un canto soave; riconobbe quasi subito il timbro della principessa Diamante e si incuriosì.

Rimase ad ascoltare fino alla fine del canto. Poi schiuse la porta di pietra e guardò dentro. Era un ambiente abbastanza grande, ma raccolto. Al centro vi era un tavolo rettangolare sul quale erano sistemate alcune stoffe. Su ognuna di esse brillavano decine di pietre di tutte le forme, colori e dimensioni. Appesi alle pareti c'erano disegni di gioielli di ogni genere.

Diamante era seduta al tavolo, con una grande lente davanti agli occhi, sorretta da un braccio d'ottone, un piccolo scalpello in una mano e una pietra nell'altra, accanto a lei una bacinella d'acqua e una candela.

– È permesso? – chiese Gunnar a voce bassa.

– Sei già in piedi? – gli domandò Diamante, spostandosi sulla testa il reggi-lente d'ottone.

– Sì. Mi sento meglio. Il tuo unguento è stato miracoloso.

– Il veleno uccide, il veleno cura – rispose Diamante.

Gunnar fissò le gemme che scintillavano sotto le mani della principessa. – Così tu lavori le pietre?

– È la mia grande passione, da quando vivo nel Regno del Buio. All'inizio trovavo gemme grezze ovunque, abbandonate a terra, e mi dicevo: ci vorrebbe poco per farle splendere, basterebbe sapere come tagliarle. Così mi sono messa d'impegno, ho studiato, ho osservato per mesi le abili mani degli artigiani del Popolo del Buio e alla fine ho imparato. Avvicinati.

Gunnar avanzò verso il tavolo.

– Vedi? Questa pietra è un quarzo rosa, ancora grezzo. Assomiglia a un sasso, non trovi? – disse Diamante tenendo in mano una piccola pietra.

Il principe annuì.

– Guarda ora questa – disse prendendone un'altra che emanava bagliori alla luce della candela. – È dello stesso tipo, ma lavorata.

– La differenza è notevole.

– Ho solo portato in superficie ciò che la pietra nascondeva dentro di sé.

– Sono molto affascinato dalla tua attività.

– Ho ancora molto da imparare, ma Zecchino, il mio precettore, sostiene che quando si lavora con passione è tutto più semplice – rispose Diamante. – E tu, principe, tu hai una passione? Qualcosa che ti fa brillare gli occhi di gioia?

Gunnar sembrò rifletterci un attimo e poi disse: – Sì. Si chiama Nives e tu la conosci bene. Ma è una storia lunga da raccontare.

– Hai ragione. Scusami.

– Non fa nulla. Vedi, Diamante, io...

– No, non dire altro. Ti capisco. Il cuore è pesante. Ed è difficile spiegarlo a parole.

Diamante soffiò sulla candela per spegnerla. – È ora di metterci all'opera. Vieni con me.

Diamante si avvicinò a una parete e, quando la sfiorò, una farfalla bianca si staccò dal muro. Gunnar non l'aveva notata, fino a quel momento.

– Riunisci tutti nella sala del trono, per favore – le chiese Diamante.

Il grande insetto spiegò le ali e uscì dalla porta come una nuvola portata dal vento.

– Hai deciso cosa fare?

– Una piccola spedizione, per condurti all'Antro.

– Chi verrà con me?

– Con noi, vorrai dire.

– Non speravo tanto.

– Tra poco lo vedrai. Ma prima dobbiamo consultarci con Zecchino e con il Maestro delle Correnti Oscure, l'uomo più saggio del Popolo del

Buio. Nessuno ha mai liberato il Fuoco Fatale prima d'ora. E non sono sicura di quale sia il modo migliore per farlo.

Si incamminarono in una sala di quarzo viola. I prismi di pietra riflettevano, scomponendola, la loro immagine.

– Non ti ho raccontato una cosa, principessa, riguardo alla mia ferita.

– Parla, allora.

– Stavo camminando in uno dei corridoi del regno, quando ho sentito un rumore alle mie spalle e sono stato colpito. Non ho fatto in tempo a capire chi fosse. Sono svenuto subito. Da quel momento, fino a quando Ortensio non mi ha trovato, non ricordo più nulla.

Diamante annuì, sempre più preoccupata. – Anche per questa ragione ho accettato di venire con te, lontano dalla corte. Non ci sono mai stati nemici qui, nessun pericolo da temere, ma ultimamente sembrano essere ovunque. Non è più sicuro, per me, stare qui. In ogni caso, manderò alcune talpe della guardia reale a controllare i tunnel.

Detto questo, tornarono nella sala del trono.

E fu lì che Gunnar vide qualcuno che mai si sarebbe aspettato di incontrare.

15
Un arrivo turbolento

La discesa nel Fossato Fremente non era stata esattamente come Yara se l'aspettava.

Quando si era lanciata dal ponte levatoio aveva immaginato di precipitare a grande velocità, come un sasso lanciato in una voragine, per poi rallentare progressivamente una volta giunta in prossimità del fondo.

Aveva sperato che fosse così.

Invece la discesa era iniziata alla massima velocità, cosa che aveva molto divertito la spericolata Principessa delle Foreste, ma poi, dopo poche decine di metri, il suo corpo in caduta libera aveva cominciato a galleggiare come un palloncino; la strada che stava percorrendo aveva cambiato direzione, deviando dalla rotta verticale. Prima di sentire di nuovo la terra sotto i piedi aveva impiegato molto più tempo del previsto, un'infinità di tempo; questo perché in realtà il Regno del Buio non si trovava esattamente sotto Arcandida, ma molto più lontano.

Yara le aveva provate tutte per prendere velocità, ma non c'era stato nulla da fare.

– Ma è mai possibile progettare un sistema magico più strambo? – si domandò a voce alta.

Poi si rispose che forse durante la discesa si era lamentata un po' troppo e il fossato si era risentito.

– Ben mi sta! – esclamò ridendo e massaggiandosi la coscia dolorante. In fondo era decisamente abituata alle cadute.

Raccolse arco e frecce e si guardò intorno.

– Caspiterina! Che posto tenebroso. È più buio della foresta di notte – osservò.

Aveva bisogno di un fuoco.

Prese una delle sue frecce e la puntò a terra. Annusò l'aria. Fece qualche passo, poi si avviò nella direzione opposta.

– Fuoco, fuoco, fuoco...

Raggiunse un luogo in cui sentì un odore familiare.

Zolfo. Saggiò la consistenza della roccia: porosa. E più sotto, invece... avvertì dei rilievi, delle asperità: cristalli. Minuscoli cristalli di pirite. Li provò a staccare con la punta della freccia, senza riuscirci, così spezzò la freccia e cominciò a strofinare la punta metallica contro il minerale. Dopo alcuni secondi, lo sfregamento produsse le prime scintille.

Staccò dalla faretra una parte dell'intreccio di paglia e lo avvicinò, perché accogliesse le fiamme. Poi riuscì ad accendere l'asta di una freccia.

Grazie a quella torcia di fortuna, Yara riuscì ad avanzare nel tunnel buio, con cautela, ma senza paura.

Passò la fiamma da un'asta all'altra, rovinando così quattro frecce prima di incontrare, per terra, i resti di una fiaccola.

– Un colpo di fortuna – mormorò, raccogliendola.

Lasciò che la fiammella

attecchisse, poi la alzò sopra il capo e si guardò intorno.

– Mmm... è ancora più brutto di come me lo aspettavo!

Si avviò, fermamente decisa a raggiungere l'Antro del Fuoco Fatale a qualunque costo.

~*~

Nel frattempo, nella sala del trono di Terratonda, stava accadendo qualcosa di decisamente inaspettato.

Gunnar fissava incredulo il suo nemico giurato.

Calengol.

L'essere che aveva aggredito Nives con i suoi corvi, minacciando il Regno di Arcandida, e che poi il Principe senza Nome aveva gettato nel fossato, uccidendolo.

No. Non uccidendolo, facendolo cadere, senza saperlo, nel Regno del Buio.

Calengol.

– Cosa ci fa lui qui? – domandò con tono alterato.

L'espressione di Gunnar era talmente accesa che Diamante ne rimase turbata, anche se cercò di non darlo a vedere. – Vi conoscete?

– Sì, per sua sfortuna.

L'elfo dei ghiacci sibilò tra i denti.

– Che cosa ci fa qui, principessa? – quasi urlò Gunnar.

– È con noi da qualche tempo, ormai. L'abbiamo trovato ferito e affamato alla base del Fossato Fremente. L'abbiamo curato, e lui, per riconoscenza... Da allora si è reso utile qui a corte, svolgendo...

– Come sarebbe a dire che l'avete accolto? Non avete idea di chi avete accolto!

Di nuovo, l'elfo sibilò come un gatto minacciato.

– No, principe, io... no... a noi tutti è sembrato così... gentile...

Diamante non poté evitare di sentirsi ancora una volta una sprovveduta.

– Lui... – spiegò Gunnar indicando la creatura. – Calengol ha tentato di rapire Nives, tua sorella, e di uccidere me. È un alleato del Principe senza Nome!

A quelle parole Calengol arretrò, chiudendosi nelle spalle con il tipico atteggiamento di chi è colpevole.

– È vero quello che dice Gunnar? Avete davvero cercato di rapire mia sorella?

La creatura annuì.

– Come avete potuto accettare la mia ospitalità, i miei favori, sapendo ciò che avevate fatto? Siete un essere indegno! Io mi fidavo di voi! – Diamante era confusa e arrabbiata.

Calengol rimase a testa bassa, in silenzio.

Poi sussurrò: – Sono venuto ad avvertirvi, ma a quanto pare non serve.

– Devi farlo rinchiudere, Diamante – suggerì Gunnar, ignorandolo. – Ti ricordo che tu sei la copia esatta di tua sorella, e come lui ha provato a rapire lei...

Diamante non credeva alle proprie orecchie.

Era dunque lui la spia nemica che si nascondeva a corte?

– Perché siete venuto qui, Calengol? – gridò. – Di che cosa volevate avvertirmi?

– Dell'arrivo del principe... – rispose Calengol.

A quel punto l'elfo dei ghiacci si avvicinò a Gunnar, ma anziché lanciargli occhiate d'odio, come lui si sarebbe aspettato, gli disse: – Sono venuto ad avvertire che vi avevo ferito per errore. Vi prego di perdonarmi, perché sono stato io a colpirvi.

– Tu?

– Pensavo foste un intruso. Credevo che voi foste... lui.

– Il vostro amico.

– Non è mio amico.

– Lo è stato.

– Mi ha ingannato. Ingannato e tradito. Il Principe senza Nome non è mio amico.

– Andate via! Vi bandisco dal mio regno! – gridò la principessa.

Poi, incapace di sopportare tutta quella tensione, si rifugiò tra le braccia di Zecchino. Il precettore, visibilmente imbarazzato, provò a consolare la disperazione della principessa, poi osservò Calengol con occhi compassionevoli. Era un uomo di animo mite, che credeva sempre nelle buone intenzioni delle persone e tendeva a dare a tutti una seconda possibilità. Ma in quel caso il principe Gunnar aveva ragione. Con un cenno, chiamò le guardie.

Il volto di Calengol aveva un'espressione triste.

– Volevo proteggere la principessa Diamante e la reggia. Io... sono cambiato, Gunnar. Anche se voi non mi crederete mai.

Per tutta risposta, Gunnar snudò la spada.

In quello stesso momento, un drappello di talpe della guardia reale fece il suo ingresso nella sala del trono puntando verso Calengol. La creatura guardò prima da una parte, poi dall'altra; era in trappola.

La sua antica agilità di ladro fece fremere i suoi muscoli. Fu questione di un istante e Calengol spiccò un salto prodigioso, imboccò un'apertura nel soffitto, e da lì, attraverso un condotto, si allontanò rapidamente.

– Presto! Dove sbuca quel condotto? – gridò Gunnar. – Dobbiamo trovarlo!

Diamante stringeva le mani del suo precettore. Quelle grida! La fuga! I complotti! I tradimenti! Non era il suo regno. Non era il tranquillo e immobile Regno del Buio dove era cresciuta.

16
La principessa perduta

Yara vagava ormai da ore tra le caverne, senza sapere quale direzione prendere. Per quanto fosse abituata a orientarsi anche nella foresta più intricata, lì sotto era tutt'altra cosa e, soprattutto, non c'erano punti di riferimento.

I tunnel le sembravano tutti uguali e, nonostante si fosse sforzata di seguire quelli in discesa, sapendo che la reggia si trovava in profondità, o quelli più caldi, immaginando che l'Antro che cercava fosse ribollente, non riuscì a trovare la via giusta. Le capitò di passare in grotte strettissime, o su passerelle di pietra intorno a cui turbinava un vento solitario, imprigionato, come era lei, nel sottosuolo. Aveva sentito echi di acqua.

Stille di gocce gelate, che cadevano nell'oscurità.

I corridoi collegavano tra loro ambienti molto diversi. Yara aveva attraversato caverne sconfinate ed altre più raccolte. Alcune parevano risplendere di una luce innaturale, blu scura e vibrante, altre erano completamente buie. In alcune crescevano gigantesche felci bianche, dalla superficie pelosa, e altre avevano le pareti ricoperte di decine di funghi dai colori diversi, enormi e delicati.

Aveva sentito strisciare, raschiare, frinire, ronzare, fitti cicalecci, perfino sbattere quelle che potevano essere grandi ali di manta. E aveva visto questi animali prodigiosi, simili a pesci delle profondità, che si spostavano nell'aria immobile delle gallerie in sciami, o banchi, o stormi... non c'era una parola giusta per descriverli!

Ma non aveva incontrato nessun abitante del regno.

Come se nell'intero mondo sotterraneo non abitasse alcun essere umano.

La sua torcia si era ormai spenta, ma, per fortuna, ora le gallerie erano illuminate da pietre riflettenti, che parevano respirare la luce, con un ritmo lento e regolare.

– E adesso? – si domandò davanti all'ennesimo bivio.

Entrambi i tunnel scendevano. Ed entrambi i tunnel parevano caldi.

La Principessa delle Foreste non sapeva proprio quale imboccare.

Provò a concentrarsi, fiutò l'aria, come faceva nella foresta, ma lì non c'erano odori che potessero guidarla. Non le rimaneva che chiudere gli occhi e lasciarsi guidare dal suo istinto.

Prese quello di destra e si augurò di aver fatto la scelta giusta. E quando trovò il bivio successivo, fece altrettanto.

Aprì gli occhi solo quando si ritrovò imprigionata.

Era entrata in una grotta interamente ricoperta di ragnatele. Sentì muovere le zampe di un gigantesco ragno sopra alla sua testa e gridò!

Gridò con tutto il fiato che aveva in gola, balzando all'indietro e cominciando a correre, più velocemente che poteva, lontano da quella tana.

– Mai seguire l'istinto! Mai! – gridava, senza rallentare.

Tornò al bivio, scelse l'altra strada, poi ci ripensò e tornò ancora più indietro, al bivio precedente e lì cambiò direzione. Non si fermò fino a quando non le sembrò di aver messo tra sé e le ragnatele una distanza abissale.

Non aveva pensato che viaggiare da sola nel Regno del Buio avrebbe potuto anche essere pericoloso!

Ed era praticamente impossibile non perdersi!

Si sedette sull'erba, pensando a cosa fare.

Sull'erba?

Erba?!

Rimase sorpresa dal luogo in cui si trovava.

Come poteva un prato d'erba scura crescere là sotto, senza la luce del sole? Sollevò lo sguardo: il soffitto di pietra era tempestato di piccoli frammenti di gemme che splendevano come una volta stellata. Le gemme producevano una luce molto particolare, variopinta e intensa, che si diffondeva uniformemente intorno a lei.

Yara si alzò, guardandosi intorno.

– Che meraviglia! – esclamò, notando di essere circondata da una distesa di campi coltivati.

Significava che qualcuno li aveva coltivati!

Rimase a guardare quello spettacolo per qualche minuto, prima di riprendere il cammino. Si aspettava di incontrare qualcuno da un momento all'altro. Tra i campi c'era uno stretto viottolo, che Yara seguì senza indugi: l'idea di essere vicina a qualcosa le fu sufficiente per nuove energie. Camminò fischiettando, fino a che, in fondo alla grotta, vide ciò che sperava di vedere da quando era partita: un massiccio e imponente portone chiuso.

– Sono arrivata! – esclamò felice, convinta che quello fosse l'ingresso della reggia.

Se non altro, lì abitava Diamante. E chiedendo a Diamante dove trovare le fiamme fatali...

– Chissà poi perché le hanno chiamate fatali! – sbottò a voce alta, seguendo il filo dei suoi pensieri. – È un nome un po' macabro, per delle fiammelle!

Si mise a correre, ma a metà della corsa venne afferrata da qualcosa e sollevata e si ritrovò, in meno di un istante, a guardare il mondo a testa in giù, imprigionata dentro a una rete.

– Oh no! – gridò Yara, agitandosi come un animale in trappola. Ma più si agitava, più la rete si stringeva intorno a lei.

Decise di calmarsi, e di provare a ragionare. A cosa era appesa? Perché?

E chi erano quelle brutte talpe vestite da guardie, che si stavano avvicinando con le lance in pugno?

– Cosa fate! È un errore! Giù le lance! – protestò la principessa.

Le talpe si avvicinarono con espressione ostile.

– Avete sentito? C'è un errore! Mettetemi giù!

La punzecchiarono con la punta di una lancia.

– Ahi! – si lamentò Yara.

Loro non dissero niente.

La principessa decise di cambiare tecnica.

– Salve a voi! – disse con un sorriso.

Le talpe rimasero nella stessa identica posizione.

– Mi chiamo Yara e sono la Principessa del Regno delle Foreste. Sono qui per vedere la principessa Diamante, che poi è anche mia sorella.

A quelle parole le talpe si consultarono tra loro, emettendo deboli squittii. Una delle due avanzò verso Yara e la scrutò da vicino. Poi l'annusò e alla fine tornò al suo posto.

Quindi tutte insieme batterono i lunghi manici delle lance a terra e la rete si spalancò, facendo ruzzolare Yara tra gli ortaggi.

– Accidenti! Deve essere la giornata delle cadute! – protestò.

Le talpe la scortarono fino al portone chiuso. Batterono di nuovo i lunghi manici a terra, per tre volte, e il portone di pietra, quasi per incanto, si spalancò, producendo un profondo cigolio.

Al di là si estendeva un tunnel grande e luminoso, percorso da una passatoia verde di panno.

Come tutti gli altri prima di quello, era deserto.

Due talpe si fecero da parte e si inchinarono per fare passare la principessa. Altre quattro, invece, le fecero da scorta.

– Vi ringrazio – disse Yara a quelle che erano rimaste fuori, e seguì le altre.

Dal soffitto del tunnel, più alto dei precedenti, pendevano lampadari circolari in ferro, simili a grosse corone, su cui fiammeggiavano candele profumate. Yara non avrebbe saputo indicare la fragranza, molto dolce, ma la trovò piacevole.

Avanzò fino a una grande sala circolare sulla quale si aprivano altre porte, alcune chiuse e altre solo accostate. Nel centro della sala c'era una grande stele di pietra, simile a un menhir.

Quando fu abbastanza vicina, Yara notò che la pietra era decorata e pareva antica.

Riproduceva scene di caccia, di giganteschi animali, di stelle cadenti e di un popolo che non esisteva più.

– Chi va là? – disse una voce che sembrava più spaventata che minacciosa.

Era una voce femminile.

17

Una nuova amica

Da una delle porte socchiuse uscì una ragazza che poteva avere più o meno la sua età. Aveva un caschetto di capelli rossi lucenti e due grandi occhi blu. Era vestita con un abito di seta azzurro stretto in vita che scendeva fino alle caviglie, decorato con tante libellule. Ai piedi portava sandali di cuoio e metallo, allacciati alle caviglie. Teneva le braccia lungo i fianchi e se ne stava immobile a fissarla.

– Chi siete? Chi vi ha fatto entrare? – chiese ancora, volgendo lo sguardo alle talpe della guardia reale.

Queste, come se avessero portato a termine la consegna, si ritirarono.

Yara fece qualche passo e decise di presentarsi in

modo informale, come avrebbe fatto con un'amica:

– Mi chiamo Yara e sono la sorella di Diamante.

La ragazza spalancò gli occhi e fece per dire qualcosa, che però le rimase tra le labbra.

Erano arrivati molti forestieri in quei giorni. Più di quanti ne avessero visti nell'ultimo anno. E suo padre l'aveva messa in guardia dal dare confidenza a persone che potevano rivelarsi pericolose.

Quella ragazza però non lo sembrava.

Arrivarono due farfalle bianche, che Yara guardò con meraviglia. Ne aveva solo sentito parlare, ma mai avrebbe immaginato una tale dolcezza. A un cenno della ragazza, le farfalle volarono verso Yara e la circondarono con il loro bianco splendore. Parevano uscite da un sogno, da una fiaba. Distendevano e chiudevano le ali, muovendo l'aria intorno a lei. C'era una grazia infinita nei loro movimenti di velluto.

– Ah ah! – rise. – Piano! Mi fate il solletico!

La ragazza le richiamò, e Yara tornò a concentrarsi su quanto stava accadendo. Sembrava che la vista delle farfalle l'avesse tranquillizzata.

– Io mi chiamo Zaffira, figlia di Zecchino, precettore della principessa Diamante. Sono molto lieta di darvi il benvenuto alla reggia di Terratonda, principessa Yara.

Detto questo, fece un piccolo inchino.
– Grazie Zaffira. Sono tue... queste farfalle meravigliose?
– No, le Farfalle dalle Ali di Velluto sono le migliori amiche della principessa. La seguono e la proteggono da ogni pericolo, che avvertono con le loro sensibilissime antenne. Temono una sola cosa: la paura.
– Due farfalle bianche! – rise Yara. – E come mai sono qui?
– Sono molto più di due!
– Davvero? E quante?
– Non si sa di preciso. Mille?
– Mille farfalle bianche?
– Hanno una vita piuttosto breve, ma ne nascono sempre di nuove.
– Mille farfalle... E Diamante non ne ha una sua preferita?

– Oh no. Questo non sarebbe giusto. Per lei sono tutte uguali e vuole bene a tutte allo stesso modo.

– Grande sorellina – rispose Yara, pensando che se a Jangalaliana avesse vissuto con più di una Lalima, nemmeno lei avrebbe fatto preferenze. – Sai dove si trova? Vorrei... ehm... salutarla!

– Con piacere. Seguitemi – rispose con infinita gentilezza Zaffira.

Si diresse verso una delle porte e la spinse con tutta la sua forza. Yara si accorse della difficoltà di quanto stava facendo e l'aiutò.

– Come mai le porte sono così pesanti da queste parti? – chiese Yara.

– Vedete, principessa...

– Oh, chiamami Yara. Abbiamo quasi la stessa età... e non amo tutte queste quisquiliate... le formalità, intendo... – concluse con un grande sorriso.

– Come vuoi tu, Yara. Ti dicevo delle porte: il Regno del Buio, e quindi anche la reggia di Terratonda, sono percorsi da forti correnti d'aria, che farebbero sbattere qualsiasi altro tipo di porta... con i risultati che puoi immaginare. La pietra è sufficientemente pesante per non essere mossa dal vento. Ma a volte lo è troppo...

– Già, lo vedo.

Al di là della porta si trovarono di fronte un nuovo tunnel: lo percorsero e raggiunsero una seconda sala, più raccolta, su cui si affacciavano altre porte.

– Non vi annoiate a camminare lungo tutti questi corridoi scuri?

– Moltissimo. A volte vorrei salire in superficie solo per vedere gli alberi...

– Oh, sono una vera noia. Sono tutti uguali! – scherzò Yara. Poi appoggiò una mano alla roccia. – Ma almeno sono vivi.

– Anche la roccia è viva. Per chi la conosce, ogni pietra è diversa dalle altre.

Yara annuì. Era quello, il bello di conoscere a fondo le cose: accorgersi delle piccole differenze.

– Deve essere fantastico vivere in un luogo così – disse allora.

– Mai come deve esserlo vivere nel tuo regno. Chissà quanti rami ci sono! E quante foglie secche per terra!

Da quella domanda Yara comprese che Zaffira non aveva mai visto un vero bosco.

– Ecco, vedi, non ci sono solo rami e foglie: è un regno molto vasto e pieno di sorprese. C'è un'enorme foresta, chiamata la Foresta Vivente, poi c'è il Fiume delle Sette Correnti, la Laguna Smeraldo...

– Una laguna... Me la descrivi?

– È una grande distesa di acque calme nelle quali affonda le proprie radici un numero imprecisato di mangrovie.

– Sono quegli alberi con le radici lunghe e contorte come le dita di un vecchio stregone?

Yara si mise a ridere. – Proprio quelle. Le conosci?

– Erano descritte così sulle pagine di un libro.

– Un libro?

– Sì. Sai che cos'è?

Yara ridacchiò: – Diciamo di sì. Anche se non li amo particolarmente.

– Io invece leggo molto, come la principessa Diamante, del resto. Qui sotto le giornate sembrano scorrere più lente e dedichiamo molto tempo alle nostre passioni. È per via del buio, che tende a confondere il giorno e la notte.

– E la luce non ti manca?

– A volte. Ma questa è casa mia... – disse Zaffira con sguardo dolce.

Poi si avvicinò a una porta d'argento sbalzato, la socchiuse e sbirciò all'interno. Quindi fece segno a Yara di raggiungerla.

– Tua sorella è qui. Credo che sarà una grande

sorpresa vederti, perciò usa una certa delicatezza – suggerì Zaffira.

Ma Yara stava già escogitando uno scherzo per sorprendere la sorella: – Non preoccuparti. Ci penso io… – e spalancò la porta con un grido.

18

Sorellina mia!

Gli altri erano tutti riuniti nella sala del trono, a discutere sul da farsi. Decine di farfalle bianche erano appoggiate ai muri come grandi quadri.

La situazione era molto tesa.

Diamante era seduta sul trono, il volto segnato dalle recenti notizie.

Zecchino, Gunnar e Ortensio erano seduti di fronte a lei. Il Maestro delle Correnti, come sua abitudine, era in piedi, impettito come una statua.

Stava parlando Zecchino, con le mani perfettamente curate che si agitavano nell'aria: – Non abbiamo modo di consultare dei libri, però sappiamo tutti che il Fuoco custodito nell'Antro non è mai stato liberato. Quantunque ne conosciamo il modo, non sappiamo come possa comportarsi, né se sarà semplice governarlo!

Prese un profondo respiro e poi continuò:
– Possiamo solo affidarci alla speranza. Perché raggiungere il fuoco è forse ancora più difficile che liberarlo. Vi sono infatti tre prove per avere accesso all'Antro e le prove sono...

– Impossibile! – sbottò Diamante.

Zecchino sollevò il dito indice. – Impossibili no, anche se molto ardue...

Solo allora si accorse che la principessa si era alzata dal trono.

– Maestà?

– Yara! – esclamò, senza esitare.

– Diamante! – la salutò la Principessa delle Foreste, correndole incontro.

Zecchino, rimasto con l'indice alzato e la frase a mezz'aria, guardava la scena stralunato.

Le due ragazze si abbracciarono prima con lo sguardo e poi volarono una tra le braccia dell'altra. Entrambe scoppiarono in una risata senza fine, cristallina e candida, che fece volteggiare le farfalle come girandole di una giostra. Per un istante, ogni pensiero e preoccupazione scomparve.

– Come sei arrivata qui? – le chiese poi Diamante, sciogliendo quell'abbraccio.

– Nell'unico modo possibile, sorellona: attraverso il Fossato Fremente.

– Quindi da Arcandida! Gunnar, hai sentito?

Il principe si alzò.

– E tu devi essere Gunnar... – indovinò Yara.

– Sono io. Sono felice di conoscerti, principessa Yara. Ho sentito grandi cose sul tuo conto.

– Immagino... – disse Yara imbarazzata e sbarazzina.

Diamante sorrise. La sua sorellina era proprio come la ricordava: un monello. Questo le era di grande conforto, perché significava che certe cose non cambiavano.

E quelle belle potevano tornare tutte al loro posto.

– Cosa ci racconti della corte di Arcandida? – chiese Gunnar, timoroso di conoscere la risposta.

– Be', ecco, il ghiaccio che imprigiona la corte continua a scurirsi. Credo che non ci sia rimasto molto tempo. Kalea e Samah sono sempre lì, ma fanno ben poco, insieme ad Haldorr e Purotu.

– Chi è Purotu? – chiese allora Diamante.

– È il fratello di Kalea.

– Abbiamo un fratello!?

Yara sbuffò: – Oh, sarebbe troppo lungo spiegarti tutta la storia... immagino di aver interrotto una riunione importante.

– Ci sono così tante cose che non sappiamo l'una dell'altra... – commentò invece Diamante.

– Questo rende tutto ancora più eccitante, non trovi? Allora, di che cosa stavate parlando?

– Del fuoco.

– Arrivo al momento giusto. Haldorr ha consultato uno degli antichi libri che riguardano i regni e ha trovato che proprio il Fuoco Fatale è l'unica speranza di salvare Nives.

– Come pensavo... – commentò Gunnar.

Diamante sembrava non seguire più il discorso. – Ha rubato anche la tua strofa? – chiese a Yara.

– "Anche" significa che la tua è sparita?

Diamante annuì.

– Brutta faccenda.

– L'hai incontrato?

– Sì, ma senza saperlo. Aveva assunto le sembianze di un vecchio saggio e ha agito indisturbato.

– Chi della saggezza sospetta, sospetta di tutto – sentenziò il Maestro delle Correnti Oscure.

– Che ha detto quello? – domandò Yara.

– Ha detto che non è lui – tradusse Diamante.

– E parla sempre in quel modo? – bisbigliò.

– Come si può fermare un uomo così? – domandò ancora Zecchino, che per sua natura non riusciva a concepire nemmeno l'esistenza della cattiveria.

Fu Gunnar a rispondere: – Come tutti gli altri uomini: con la spada.

– Ben detto! – rispose Yara. – E con le mie frecce!

– E con la mia zappa! – aggiunse Ortensio, trascinato dall'entusiasmo.

– Il ferro non fu forgiato per lame, ma per aratri! – sentenziò il Maestro. – E la magia per guidare i sogni, non per gli incubi – aggiunse.

– Che... vuol... dire? – domandò Yara con un sussurro.

– Che nostro padre non avrebbe mai bandito la magia, se tutti l'avessero usata solo a fin di bene!

Si sedettero. Tutti tranne il Maestro, che concluse:

– Il Fuoco attende che giustizia sia fatta. Solo lo stolto indugia davanti al suo richiamo.

Le parole del Maestro risultarono chiare, anche prima che dalla porta della sala, rimasta aperta, si infilasse una folata di aria bollente, come fiato di drago, che fece impazzire di paura le farfalle.

– Le Fiamme Fatali ci stanno chiamando... – sussurrò allora Diamante.

E cominciarono a parlare di come raggiungerle.

Parte Seconda

19

Il piano

Zecchino srotolò una grande e complicatissima mappa, che probabilmente solo lui era in grado di leggere. Puntando ora qui e ora là il lungo dito ossuto, spiegò: – Per liberare il Fuoco Fatale bisogna affrontare tre prove, via via più difficili. Qui. Qui. E, si presume...

E così spostò il dito da un lato all'altro della mappa.

– Qui. Ma dato che nessuno ha mai passato le prime due, quest'ultima informazione non è sicura...

– In che cosa consistono le prove? – chiese Yara.

– La prima consiste nel rispondere a un quesito che si trova inciso su una porta, chiamata la Prima Porta, perché fu la prima a essere costruita nel regno.

– E dove conduce?

– Da nessuna parte, Yara.

– Come sarebbe?

– La sua funzione non è di condurre in qualche luogo. Se tu provassi ad aprirla, non troveresti altro che un muro. Esiste solo perché su di essa è incisa la domanda. Ma la principessa sa di che cosa stiamo parlando.

Diamante annuì, poco convinta.

– Se conoscete la risposta del quesito, dovrete scriverla a terra con un bastoncino di legno. Se la risposta è giusta, avrete accesso a una botola, passata la quale vi troverete a un livello inferiore, il livello zero.

– Zero significa che sotto a quel livello...

– Finisce il regno. Sotto c'è solo lava.

– Caspiterina! Sarebbe splendido andare ad accendere una delle mie frecce incendiarie! – esclamò Yara, spinta dalla sua passione per l'avventura.

– Nessuno l'ha mai fatto e immagino ci sia un motivo – continuò il precettore. – Comunque, stavo dicendovi che si aprirà una botola che vi permetterà di raggiungere la stanza con sei porte. Solo una porta è quella giusta.

– E qual è il modo per individuarla? – domandò Gunnar.

– Lo ignoro – rispose Zecchino.

– Le farfalle! – disse invece la principessa. – Due di loro ci accompagneranno in questo viaggio e, grazie alla loro sensibilità, mi aiuteranno a decidere.

– E come?

– Ancora non lo so: proverò a toccare una porta e se una delle farfalle si poserà sulle mie spalle... segnalandomi che non vi è pericolo... la aprirò.

– E le farfalle non sbagliano mai? – insistette la Principessa delle Foreste.

– Di solito sono delle eccellenti consigliere. Ma come sapete nessuno ha mai sostenuto le tre prove…

– E cosa c'è oltre la porta, se è quella giusta?

Zecchino trasalì. Evidentemente si era perso nei suoi pensieri. – Oh.... mmm... il corridoio, credo.

– E cioè?

– È un lungo corridoio in fondo al quale si trova la porta dell'Antro del Fuoco Fatale.

– Quanto ci vorrà a percorrerlo?

– Yara!

– Va bene, ho capito; non faccio più domande, dopo questa – disse la principessa mettendosi una mano davanti alla bocca.

– E qual è la terza prova?

– Ecco... devo ammettere che non ne ho la certezza, ma penso che a proteggere la porta dell'Antro ci sia un animale mostruoso. Un Milledenti, noto anche come Millezanne, più o meno così...

Tirò fuori un altro librone, una sorta di compendio degli animali leggendari del Regno del Buio, e cercò la pagina giusta.

Mostrò a tutti il disegno a

china di un enorme millepiedi con una bocca di denti lunghi e affilati.

– Caspita! – si lasciò sfuggire Yara. – Brrr...

– Ma quanto è grosso? – domandò Ortensio.

Zecchino gli mostrò una macchiolina al lato della creatura. – Questo è un uomo – spiegò.

Gunnar si lasciò andare sullo scranno. – Non abbiamo nessuna possibilità di sconfiggerlo.

– Infatti – rispose Zecchino.

– E allora? – domandò Yara.

– Esiste un solo modo per passare – rispose Diamante, ricordandosi all'improvviso quanto le aveva insegnato suo padre.

– E sarebbe?

– Convincerlo a lasciarci passare!

– Ah però! Che strategia, sorellona!

Diamante lanciò un'occhiata complice a Yara, aspettandosi qualcosa che però non arrivò.

– Perché mi guardi così? – la Principessa delle Foreste non capiva.

– Non ti ricordi?

Lei scosse la testa. – Cosa dovrei...

E allora la principessa Diamante iniziò a canticchiare lo stesso motivo che Gunnar le aveva sentito intonare mentre tagliava le gemme. Era un motivo dolce, come una ninnananna.

– Milledenti... Milledenti... cosa morde il milledenti...? – cantava Diamante nella sua canzone.

Gli occhi di Yara si spalancarono. A poco a poco, lentamente, cominciò a ricordare.

– La canzoncina di papà!

– Milledenti milledenti...

– Ero molto piccola, Diamante, ma... sì... la ricordo...

– Che momento fantastico! Cosa ti ricordi? – domandò Ortensio, di scatto.

– C'era del sale... del sale... e...

Poi, improvvisamente, si ricordò. Gli occhi della Principessa delle Foreste si illuminarono di colpo.

– Dobbiamo cercare il tubero baciccia, di cui va tanto ghiotto!

Diamante applaudì e smise di cantare. – Brava, Yara! E sarai proprio tu ad andare a raccoglierlo.

– Io? Vuoi dire che il tubero baciccia esiste davvero?

– Oh, sì! – rispose Ortensio. – Anche se quello è il suo nome dialettale. In realtà...

– Si trova nelle Miniere di Sale – spiegò Diamante.

– Non è vero, Maestro? Zecchino?

I due saggi annuirono.

– E sei sicura di voler mandare proprio me?

– Certamente! Ti accompagnerà Zaffira.

La ragazza sorrise e fece un piccolo inchino. Diamante provò una fitta quasi di invidia: da quando la conosceva non l'aveva mai vista contrariata, nemmeno una volta.

– Potrei andare anch'io – si offrì Ortensio, che ormai si sentiva parte della spedizione e che aveva trovato Yara molto simpatica, fin dal primo momento.

Diamante ci pensò su: – Non saprei, Ortensio. Forse saresti più utile qui.

– Secondo me deve venire – osservò Zaffira. – Ortensio è forte e coraggioso. Ci proteggerà.

– Io mi proteggo bene anche da sola – ribatté Yara. Ma lo sguardo supplice di Ortensio la fece pentire di averlo detto.

– Anche se... con un uomo del posto... sarei sicuramente più tranquilla!

Diamante sospirò: – E va bene. Vai anche tu. Ma non combinate guai e tornate presto, avete capito?

– Evviva! – gioì il ragazzo. – Quando si parte?

– Un attimo! Un attimo! – intervenne allora Zecchino. – Le Miniere di Sale, come ognuno sa, sono molto grandi.

– Caspiterina! E come facciamo a trovare questo strano tubero? Ci sono i cartelli? – chiese Ortensio.

– Dato che è una pianta preziosa, si sa dove cresce. Io non conosco il punto esatto... – ammise la principessa. – Ma Zecchino di certo sì, non è così?

Il precettore si chinò a raccogliere un altro grande volume, protetto da un involucro di cuoio. Quando si rialzò, ammise un po' imbarazzato: – Io no, ma il Maestro sì.

A quel punto tutti fissarono il saggio. Dopo gli iniziali fuochi d'artificio retorici, era rimasto in silenzio. Un silenzio che nessuno osò interrompere.

Dopo alcuni minuti disse: – Non alla fine, né all'inizio, ma nel mezzo sta la soluzione. Sotto la montagna bianca che sempre si accresce.

– Hai capito? – domandò Yara alla sorella.

– Forse sì.

– Presto, Zecchino, aprite la mappa delle miniere!

L'uomo mostrò il volume che aveva preso prima.

– Temo di aver bisogno di un tavolo, imperciocché.

Diamante e Gunnar lo aiutarono a posizionare il rotolo sul tavolo. Era composto da più fogli, uno impilato sull'altro, e rilegati al centro, come grandi coriandoli infilzati sulla stessa asta. Ogni foglio riportava un reticolo di gallerie.

– E noi dovremmo orientarci qui dentro? – chiese Yara con gli occhi grandi di stupore.

– Non è difficile, una volta capito il meccanismo. Zaffira, avvicinati, così puoi vedere anche tu – disse Zecchino alla figlia. – E naturalmente anche tu, Ortensio.

– Bello! Bello! – esclamò il ragazzo. Poi, quando vide tutti quei fogli, si tirò subito indietro. – Ah no! Non fanno per me! Io non ci capisco niente, con quelle scritte!

Tutte le altre teste si chinarono sui fogli.

Zecchino spiegò: – Le miniere furono costruite seguendo un andamento concentrico. Quindi, una volta varcato l'ingresso, per raggiungere il centro basterà che continuiate a girare dalla stessa parte: a destra se vi tenete da subito sulla sinistra e a sinistra se vi tenete sulla destra. Avete capito?

– Più o meno...

– Io ho capito – affermò Zaffira.

E dimostrò con un paio di esempi di aver capito davvero come fare a usare la mappa concentrica.

– Allora partiamo? – domandò Yara, facendo una smorfia.

– Aspetta, non avere fretta – rispose Diamante.

– Prosegui, Zecchino.

– Una volta raggiunto il centro, troverete la Montagna Bianca, la montagna di sale di cui parlava il Maestro. Il tubero baciccia cresce esattamente lì sotto, quindi dovrete scavare.

– Quale tubero può crescere sotto il sale? – chiese Gunnar.

– Infatti è un tubero che non è commestibile per noi, ma una vera prelibatezza per il Milledenti!

– Dovremo scavare un bel po', immagino... – commentò Yara.

– E non sarà facile! – concluse Ortensio.

La principessa Diamante si allontanò per un istante, tornando poi con quello che sembrava un lungo scettro. – Il sale cristallizzato è molto duro – disse.

– Capito, Ortensio? – intervenne Zecchino.

– Nessun problema!

– Se portate con voi questo, no... – la principessa porse a Yara l'asta dello scettro e poi si slacciò dal collo la catena d'oro a cui era appeso il suo grosso diamante. Lo incastrò sullo scettro e ricavò così una sorta di lancia tagliente.

– Non si romperà? – chiese Yara, che non era molto esperta di gemme.

– Puoi tagliare qualunque cosa con quella pietra: stai tranquilla. Il sale si frantumerà come glassa di zucchero.

Yara prese quel prezioso strumento e fece per infilarselo nella faretra. Quel gesto le fece tornare alla mente il giorno in cui Vannak le aveva donato la faretra, che da allora portava sempre con sé. Yara ripensò a quel giovane a cui si sentiva così legata e che ora le mancava tanto. Anche se non le piaceva sentirsi romantica e sentimentale, scoprì di avere nostalgia di lui e del suo regno.

– Un'ultima raccomandazione! – esclamò Zecchino, consultando il suo bestiario di animali fantastici. – Dovete fare molta attenzione a come estraete il tubero. Se lo danneggerete, rovinando la buccia, Milledenti non lo mangerà.

– Oh, ma che delicatino! – esclamò Yara.

– Ne prenderemo un altro!

– Questo non è possibile, perché di norma ne cresce uno solo alla volta. E ci vogliono almeno vent'anni!

– Va bene – assicurò Zaffira. – Faremo attenzione!

– Allora andate.

– E voi, intanto, cosa farete? – domandò Yara a Gunnar e alla sorella.

Ma uscì dalla stanza prima di sentire la risposta.

20

Le Miniere di Sale

Yara, Zaffiro e Ortensio camminavano vicini. Zaffira e Ortensio sembravano orientarsi nel dedalo di gallerie quanto le formiche nel loro formicaio.

– È un luogo davvero strano – commentò Yara, a un tratto.

– E perché mai? – chiese Ortensio.

– Be', perché a parte le caverne che ogni tanto attraversiamo, sembra che tutto rimanga sempre uguale.

– Oh, tutto uguale! Per cento tuberi bitorzoluti! Non è affatto come pensate, principessa; vero Zaffira?

– Chiamami pure Yara, è più semplice.

Ortensio annuì, felice.

Fu Zaffira a continuare: – Quel che Ortensio voleva dire, è che qui tutto pullula di vita, ma non nel modo a cui forse sei abituata tu. La vita è nascosta, abita il buio e ama il silenzio che caratterizza il regno. Per questo motivo ti sembra tutto immobile. Queste rocce sono la dimora di insetti, piccoli animali, grandi creature notturne, oltre che del Popolo del Buio.

– Dov'è il loro villaggio?

– Castel Granito si trova sopra Terratonda, in una zona molto tranquilla. Sai, noi siamo persone schive. A parte me e pochi altri, nessuno frequenta la reggia con assiduità...

– E cosa fate durante il giorno? Giorno... Be' quando non dovete dormire, intendo?

– Noi due lavoriamo per la principessa.

– E gli altri?

– Lavorano nelle miniere, ad esempio. Solo per raggiungerle impiegano parecchio tempo. Partono al mattino e rientrano alla sera. Capisco che per te qui mattino e sera non abbiano un significato reale. Ma noi scandiamo la giornata esattamente come negli altri regni, con ore di lavoro e ore di riposo. Soltanto che non abbiamo la luce del sole ad aiutarci.

– E come fate a misurare il tempo?

– Usiamo delle clessidre piene di sale.

– Non ne ho vista nemmeno una.

– Ognuno ne ha una con sé – disse Zaffira estraendo la sua da una tasca dell'abito. – Quando il sale che si trova da una parte è scorso dall'altra significa che sono passate dodici ore.

– Mezza giornata!

– Esattamente.

Chiacchierando del più e del meno, i tre raggiunsero l'ingresso delle Miniere, chiuso da una porta, ovviamente di pietra.

Quando Ortensio e Zaffira la aprirono, Yara non

poté credere ai suoi occhi. Davanti a lei c'era la più vasta distesa di gallerie bianche che avesse mai visto. Se qualcuno, in quel momento, le avesse detto che si trovava nel Regno dei Ghiacci, probabilmente gli avrebbe creduto. Il sale era brillante e candido.

– Io suggerirei di andare a destra – disse Yara.

– Va bene. A quanto ci ha detto Diamante, non dovrebbe fare differenza – osservò Zaffira.

– Meglio essere sicuri, però!

Ci misero alcuni minuti a dispiegare a terra la mappa concentrica, la consultarono, e quando Zaffira rispose che erano sulla strada giusta, proseguirono.

Nemmeno Ortensio si oppose alla scelta. Guidati dalla figlia di Zecchino imboccarono il corridoio di destra e poi girarono, dove possibile, a sinistra. Ogni tratto di corridoio era chiuso da una pesante porta di legno.

– Queste porte sono di legno – si accorse Yara.

– Come mai?

– Lo spieghi tu a Yara, Ortensio?

– Con piacere. Allora... il fatto è che... In questo caso il sale rischierebbe di incrostarsi sulla pietra, impedendo così, con il passare del tempo, l'apertura delle porte. Con il legno questo non avviene.

– Molto ingegnoso.

Yara continuava a guardarsi intorno. Quel regno la stupiva sempre più, con i suoi angoli misteriosi e affascinanti. E l'aria dentro la miniera era densa e quasi pungente.

Ogni volta che aprivano una porta e passavano da un tratto all'altro, i tre venivano raggiunti da una folata di aria fredda.

Più di una volta Yara rabbrividì.

– Sono correnti che provengono dalla superficie e si incanalano nelle fessure tra le rocce che circondano la miniera – le spiegò Zaffira.

L'ultima porta che spalancarono era identica a tutte le altre aperte e chiuse in precedenza. Una volta che l'ebbero varcata però si trovarono ad ammirare uno spettacolo incredibile: un'enorme sala con migliaia di stalattiti e stalagmiti di sale che scendevano dal soffitto e salivano dal suolo. Parevano tanti palazzi scolpiti nella pietra.

Al centro, si trovava la stalagmite più grande.

– Quella dev'essere la montagna di cui parlava il Maestro – intuì Yara.

– Esatto – confermò Zaffira.

– Quindi dobbiamo scavare lì sotto?

Yara estrasse lo scettro con il diamante dalla faretra e si avvicinò alla montagna. Quando la toccò, avvertì una strana sensazione sotto le dita, come se fosse ricoperta di polvere. Il sale le era rimasto attaccato ai polpastrelli. Prese a sfregarli tra loro, poi li guardò. Erano pieni di minuscoli cristalli trasparenti.

– Bello! – disse a voce alta.

Quindi passò lo scettro con il diamante a Ortensio, che iniziò a lavorare.

21

Il tubero baciccia

Secondo la clessidra di Zaffira, Ortensio scavava da quasi un'ora, ma aveva intaccato solo una piccola nicchia della montagna.

– Così non finiremo mai – commentò, levandosi il sudore dalla fronte.

– Lascia che continui un po' io – le disse allora Zaffira.

Il ragazzo dal pollice verde le passò il diamante, senza obiettare. Sembrava decisamente stanco.

Lei staccò il diamante dallo scettro e lo impugnò come una penna anziché come uno scalpello. Quindi cominciò a incidere intorno a dove Ortensio aveva scavato. Teneva il diamante con un'inclinazione costante senza mai staccarlo dalla superficie. Fece un cerchio. Poi ci piantò il diamante e tirò. La porzione di sale che Zaffira aveva inciso si staccò come una fetta di dolce, sotto lo sguardo allibito degli altri due.

– Ma come hai fatto? – le chiese Ortensio.

– Sono abituata a estrarre le pietre dalla roccia. Lo faccio da tanti anni, ormai.

– Potevi dirmelo subito!

– Ci tenevi tanto a provare...

– Sei stata gentile... – intervenne Yara. – Ma Ortensio ha ragione: avremmo risparmiato tempo e fatica.

– Ora però sapete come si fa – rispose lei con un sorriso.

Quindi riprese il suo lavoro, con tranquilla precisione. Incise, girò, piantò, staccò. E via di questo passo, fino a ricavare una buca ai piedi della gigantesca montagna di sale.

– Volete provare?

– No, no! Vai avanti tu!

In breve, arrivarono a vedere una superficie gibbosa nascosta dal sale: sembrava il guscio di una gigantesca lumaca, o una patata di pietra.

– Il tubero baciccia! L'ho trovato! – esclamò.

– Ma è grosso! Ed è verde! – osservò Yara.

– E allora? – Zaffira era stupita.

– Cha cosa c'è di strano? – chiese Ortensio, che di tuberi se ne intendeva parecchio.

– Mmm… nel mio regno i tuberi sono marrone chiaro o rossicci, non certo verdi. E non ne ho mai visti così grossi!

Ortensio non si scompose: – Esistono molte varietà di *tuberosum*. Questa, però, è rarissima. È normale che tu non ne abbia mai visto uno simile.

Zaffira nel frattempo stava scavando intorno al vegetale con grande delicatezza, attenta a non sfiorarlo con la punta del diamante.

Quando il tubero fu del tutto visibile, riconsegnò il diamante a Yara. – Ora non ci serve più.

– Per tutti gli orti! – gongolò Ortensio. – Guarda che roba! Questo è il sogno di un coltivatore del sottosuolo!

– Mmm... ma adesso come facciamo a tirarlo fuori di lì? – chiese la principessa, guardando il grosso tubero verde.

A giudicare dalla parte visibile, doveva essere grande quanto cinque noci di cocco, ma aveva l'aspetto meno robusto, più molliccio, il che non avrebbe facilitato il suo recupero.

Si chinò per sfiorarlo, ma Zaffira la bloccò:

– Aspetta! Non possiamo toccarlo, perché se Milledenti sente il tuo odore, lo rifiuterà.

– E allora?

– Lo solleviamo facendo leva da sotto, con due pezzi di sale... – intervenne Ortensio. – E lo facciamo scivolare lentamente in questo sacco... – aggiunse estraendo un grande sacco di canapa dalla bisaccia che aveva con sé e cominciando a riempirlo di sale, come per preparare un nido.

I segreti
di Diamante

Questo è il mio
trono, carino vero?!
Lucciole nei
bulbi di vetro

Nascosto nelle profondità
della terra, esiste il meraviglioso
Regno del Buio, io abito qui!

Ecco un disegno della sala del trono!
È un luogo carico di atmosfera:
le pietre preziose che la decorano,
illuminate dalla luce delle
candele, mandano bagliori
come polvere di stelle.

Zecchino è il mio precettore... È un po' buffo, ma gli voglio molto bene.

Ecco sua figlia
Zaffira.
Adora leggere,
proprio come me!

Per contenere tutti i miei vestiti è servita una stanza intera: per fortuna a Terratonda non manca lo spazio!

Ecco Rubin Blue!
Il suo ritratto
è conservato
con gli oggetti
più preziosi.

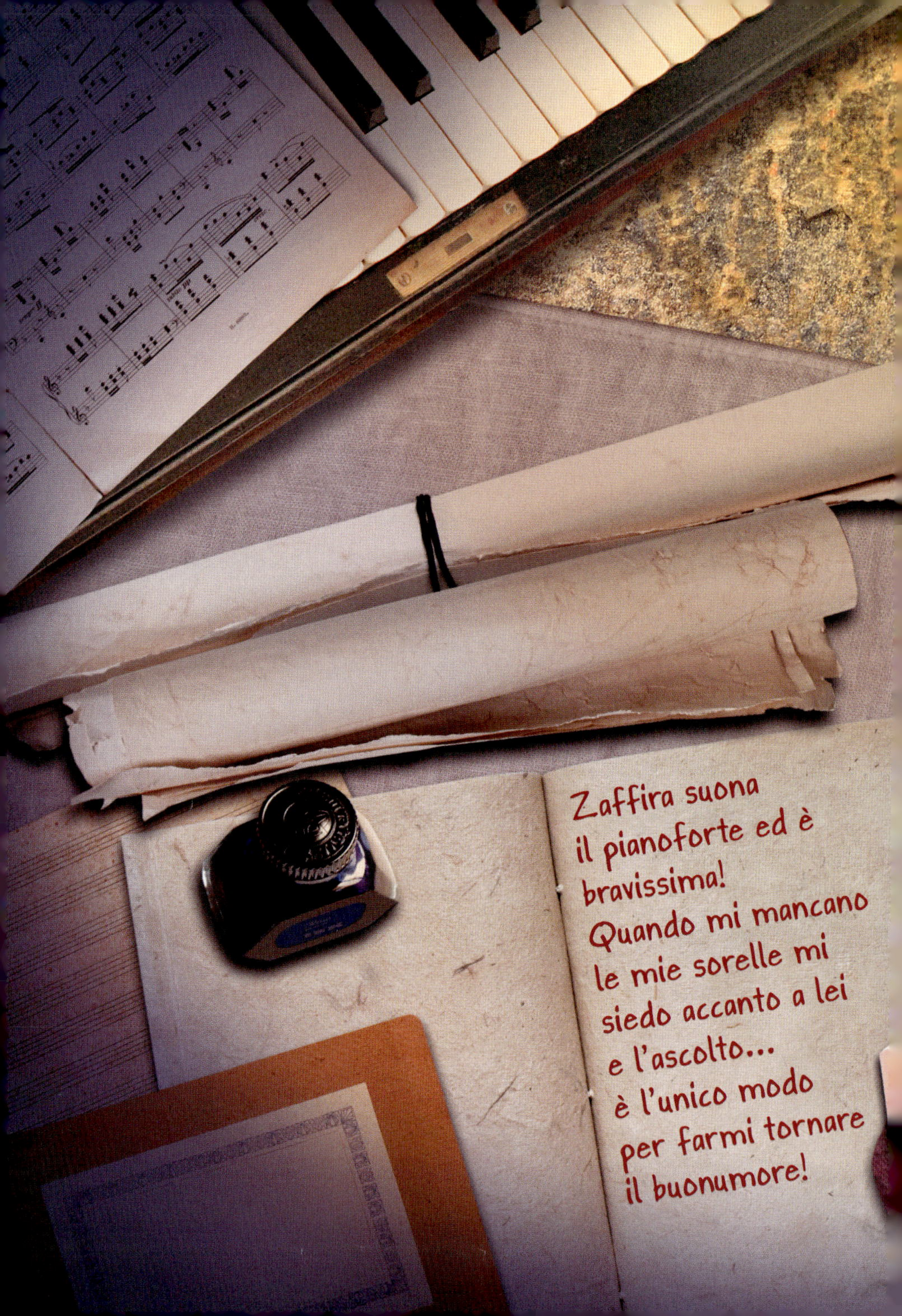
Zaffira suona
il pianoforte ed è
bravissima!
Quando mi mancano
le mie sorelle mi
siedo accanto a lei
e l'ascolto...
è l'unico modo
per farmi tornare
il buonumore!

Lavorare le gemme è la mia più grande passione. Vederle trasformarsi da freddi sassi in meravigliose pietre preziose è bellissimo e mi aiuta a ricordare che le cose spesso non sono come sembrano!

Cristalli di sale
Le Talpe della Guardia Reale trasportano i cristalli di sale: un compito delicatissimo!

Le Miniere di Sale, ricche di gallerie candide e brillanti, si trovano a poca distanza da Terratonda.

Il sale è una risorsa molto importante per il Regno del Buio: è al centro di floridi commerci con gli altri regni e ha tantissime proprietà.

I Fennec usano i cristalli di sale per preparare golose conserve.
La mia preferita sono i limoni sotto sale, che mantengono a lungo la fragranza dei frutti appena colti.

Sapone all'olio
di cocco del Regno
del Deserto

Le Pozze Variopinte sono un luogo carico di magia. L'acqua scorre da una vasca all'altra creando suggestivi giochi di luce. Qui gli abitanti del regno vengono a riposarsi, approfittando delle proprietà benefiche delle acque.

Quando esco dall'acqua fresca, mi piace avvolgermi in profumati teli di lino.

ZUPPA DI VERDURA

(Per 4 persone)
200 g di fagioli freschi sgranati, 300 g di pomodori, 1 carota, 150 g di fagiolini verdi, 1 zucchina, 2 patate, 1 cipolla, 1 foglia di alloro, sale del Regno del Buio.

Mettete in una pentola 2 litri di acqua, aggiungete le verdure a dadini e l'alloro. Fate bollire a fuoco basso per 1 ora. A fine cottura aggiungete un pizzico di sale, fate intiepidire e...

Buon appetito!

I Fennec sono i cuochi di corte
Verdure appena colte da Ortensio, il giovane orticoltore del Regno del Buio.

– E il sacco lo mettiamo nella mia gerla.

– Sei sicuro? – chiese Yara.

– Be', credo di sì.

– Credi? – la Principessa delle Foreste guardò Zaffira, che stava zitta. Stava sempre zitta, quando non era sicura delle cose.

– Facciamo come dico! Sono un esperto di tuberi! – protestò Ortensio.

– E se poi si rompe?

– La leggenda di Milledenti e del suo amore per la patata di sale è molto conosciuta tra noi ma non nei dettagli. Nessuno ne ha mai avuto bisogno, finora.

Yara annuì. – E sia, allora. Facciamo come dice Ortensio.

Aiutato dalle due ragazze, il volenteroso abitante della città del buio prese due lunghi pezzi di sale e cominciò a fare leva con la massima attenzione sotto al tubero baciccia. Quello iniziò a spostarsi, rivelando una forma piuttosto irregolare e bitorzoluta.

– Piano...

– Così...

– Fallo scivolare...

Ortensio muoveva i pezzi lentamente, lo sguardo concentrato sul tubero.

Anche Yara e Zaffira erano molto attente al più piccolo spostamento.

– Ce l'ho quasi fatta – disse Ortensio, trattenendo il fiato.

Sei occhi seguirono l'estrazione del tubero dalla sua sede e il suo lento inserimento nel sacco preparato da Ortensio.

– Ecco...

– Ci siamo!

– Forza, Ortensio, un ultimo colp...

Flof!

Il tubero entrò completamente nel sacco, che Ortensio chiuse con un laccio.

– È fatta!

Zaffira si lasciò cadere a terra e cominciò a respirare profondamente. Da sotto la frangetta ordinata scendevano piccole gocce di sudore, che si deterse con il dorso della mano, le dita imperlate di granelli di sale.

Yara le scompigliò i capelli: – Bel lavoro!

Ortensio si caricò il tubero baciccia sulla schiena e propose di tornare alla reggia.

Il piccolo gruppo riprese la via del ritorno. Ripercorse a ritroso la strada fatta all'interno delle miniere, corridoio dopo corridoio, fino all'uscita.

Quando la pesante porta di pietra delle Miniere di Sale si richiuse alle loro spalle, Ortensio, Yara e Zaffira si sentivano stanchi ma soddisfatti. Cominciarono a raccontarsi l'uno la vita dell'altro scoprendo così molte somiglianze. Erano tutti e tre ragazzi, dopotutto.

– Che cosa dovrà fare Diamante, per controllare il Fuoco Fatale? – chiese a un certo punto Yara.

– Oh, nessuno di noi può saperlo... – rispose Zaffira.

– È un segreto – intervenne Ortensio. – Ma lei ci riuscirà di sicuro. È la nostra principessa, e sa sempre cosa fare. Come tu per il tuo popolo.

Yara pensò alla sua terra, alle tribù che la abitavano, ai conflitti che si erano sviluppati negli ultimi anni e che, in parte, aveva risolto.

– A volte fare la principessa non è facile come si immagina... – disse, più a sé che agli altri.

– Vivere in pace è una conquista per tutti – si limitò a risponderle Zaffira.

22
Che l'avventura abbia inizio!

Diamante, Gunnar, Zecchino e il Maestro delle Correnti Oscure erano ancora nella sala del trono, i volti senza espressione, come fossero statue. Erano rimasti tutto il tempo ad aspettare notizie che non erano arrivate: Rubin Blue aveva lasciato il regno. Helgi era sparito. E di Calengol non c'erano notizie. Il Regno del Buio, con i suoi anfratti e le sue ombre, era un luogo perfetto per nascondersi.

Quando videro tornare i ragazzi, però, si rianimarono subito, sollecitati dalla speranza.

– Ce l'abbiamo fatta! – esclamò Yara, contenta.

Ortensio appoggiò il sacco di canapa a terra con estrema delicatezza.

– È qui dentro, al sicuro – disse.

Diamante per prima cosa recuperò la pietra preziosa dalle mani di sua sorella. Se la mise di nuovo al collo e sembrò che il suo viso e i suoi occhi ne acquistassero luminosità.

– Siete stati attenti quando l'avete estratto, non è vero? – si informò subito dopo.

– Certo, sorellona. Si è occupata di tutto Zaffira. E avresti dovuto vedere con quale abilità ha scavato intorno al tubero e ha...

Diamante sembrava assorta in altri pensieri. – Sì, ho capito. Bene. Meglio così. Proseguiamo, allora.

Gunnar si alzò in piedi, abbandonando le mappe che stava consultando.

La Principessa del Buio riprese la parola. – Per prima cosa dobbiamo decidere chi verrà con me.

– Perché? Non veniamo tutti? – chiese subito Yara, preoccupata.

– No – rispose Diamante. – Non possiamo andare tutti, perché saremmo troppo lenti. Senza contare che i passaggi sono stretti e gli ambienti piccoli, quindi meno saremo e più facilmente potremo muoverci.

– Che cosa proponi? – chiese allora Gunnar.

– Sceglierò io chi mi accompagnerà. Gli altri resteranno qui a Terratonda e continueranno ad occuparsi di Rubin Blue, della strofa sparita e di Helgi.

Guardò i suoi consiglieri e Gunnar. Nessuno osò ribattere la decisione della principessa.

– Verrai tu... Gunnar, e tu, Yara.

La giovane principessa esultò felice. – Fantastico.

Ortensio, invece, fissava il pavimento con aria afflitta.

– E anche tu, Ortensio.

Il suo volto si illuminò di colpo. – Davvero? Io?

– Credo che la tua presenza potrà essere utile.

– Ma è fantastico! Assolutamente fantastico. Datemi solo un momento per cambiarmi d'abito e...

– Non ti cambierai d'abito, Ortensio. Partiamo subito.

– Ma certo, subito! Non c'è tempo da perdere!

E si caricò di nuovo il tubero sulle spalle.

– Principessa, se mi permettete...

– Voi, Maestro, rimarrete qui, nel caso ci fosse qualche problema e servisse il vostro intervento. Sapete a cosa alludo: siete l'unico che ancora sa muovere le Correnti Oscure. Se le fiamme minacciassero Terratonda, voi dovrete fermarle con l'acqua.

Il saggio annuì.

– Resteremo quindi anche mia figlia e io? – domandò Zecchino con voce neutra, come se per lui restare o andare fossero la stessa cosa.

Diamante annuì. – Resterete. Ma state attenti, mi raccomando. Ci sono due cose che vi chiedo di fare, Zecchino e Zaffira: andate ad avvisare il Popolo del Buio di non uscire dalle loro dimore, oggi. Quando il Fuoco sarà libero e in movimento, potrebbe essere pericoloso farsi sorprendere dalle sue lingue ardenti.

– Lo faremo – rispose Zecchino.

– E la seconda cosa? – chiese Zaffira.

– Appena saremo pronti invierò qui una farfalla. Quello sarà il segnale che il Fuoco è in viaggio verso l'uscita del regno. Assicuratevi che i tunnel siano liberi e che tutte le porte di Terratonda siano sigillate.

Zaffira annuì.

Diamante accarezzò il dorso vellutato di uno dei suoi insetti bianchi. – Manderò una seconda farfalla nel Regno dei Ghiacci. Porterà un messaggio a Kalea e Samah. Anche loro devono essere pronte.

– Forse è una domanda stupida, ma non c'è il rischio che il Fuoco sciolga tutto il ghiaccio di Arcandida? – domandò Yara.

Fu Gunnar a rispondere. – Non credo. Vostro padre ha fatto costruire la reggia con un ghiaccio speciale.

Ma per quanto volesse apparire sicuro, la sua voce tremò.

Detto questo, Diamante si congedò con un cenno della mano dal Maestro delle Correnti Oscure, e si diresse verso l'uscita della sala.

Poi si fermò, si girò verso il precettore e sua figlia e disse: – Se Helgi dovesse tornare, o se aveste notizie della strofa, mandate una farfalla ad avvisarmi.

– Naturalmente, principessa – rispose l'uomo.

– Come desiderate – rispose sua figlia, con un inchino.

Che l'avventura abbia inizio!

La spedizione era pronta.

La principessa Diamante camminava con due delle sue inseparabili farfalle. Dietro di lei i suoi compagni di avventura: Gunnar, con l'espressione velata dalla preoccupazione; Yara, con lo sguardo vivace e le frecce pronte all'uso e per ultimo Ortensio con un grande sorriso stampato sul viso, che salutava tutti quelli che incontravano lungo la strada. Abitanti del regno, fennec, talpe della guardia reale. Sembrava dire a tutti: guardatemi, sono un eroe e sto partendo per un'avventura!

Il ragazzo si congedò dai compagni di viaggio per pochi minuti, scomparendo in un corridoio e tornando subito dopo, trafelato. Domandò se si fosse perso qualcosa e poi, rassicurato, si sistemò la gerla con il tubero baciccia sulla schiena.

Diamante batté le mani tre volte e la porta del palazzo si aprì.

Le decorazioni, fitte e mirabili, raffiguravano scene del mondo di superficie ed erano come un libro di pietra, per ricordare cosa c'era lassù.

– Non avete fame? – esclamò Yara, mentre passavano sotto alle grandi architravi del portone.

– Vedete che ho fatto bene? – intervenne allora Ortensio, porgendole un fazzoletto dentro al quale erano avvolti cinque ravioli, ripieni di verdure stufate. Avevano un delizioso profumo di spezie.

– Ortensio! Sei un mago! Ma quando li hai presi?

– Poco fa! – esclamò lui, contento di essersi reso utile. – Sono corso alle cucine a farne scorta. Ecco, prendetene! Sono ancora caldi.

E così, con i ravioli sotto i denti, l'inizio di quel viaggio fu un po' meno opprimente.

Ma quando la pesante porta di pietra si richiuse alle loro spalle, rimasero zitti, perché, da quel momento in poi, non avrebbero più potuto tornare indietro.

23
La confessione di Diamante

Camminarono a lungo, in fila indiana, percorrendo gallerie e caverne che scendevano sempre più in profondità. Laghi ghiacciati, polle color del metallo, passerelle sospese su profondi abissi, cattedrali di granito e di calcare, foreste di felci, tappeti di nidi di ragno dove occorreva muoversi nel massimo silenzio, o grotte fluorescenti alle cui pareti di roccia erano aggrappate meduse sotterranee che volavano nell'aria: questo fu il paesaggio che attraversarono. Le due farfalle fluttuavano accanto alla principessa Diamante, che sembrava sempre più preoccupata. A mano a mano che avanzavano sentivano l'aria farsi più pesante e il caldo più opprimente. Le luci poi erano più rade e fioche, fino al punto in cui i quattro cominciarono a vagare in una semioscurità, intervallata solo di tanto in tanto da qualche torcia.

Diamante procedeva spedita e silenziosa.

– Non si vede più nessuno, da queste parti – osservò Yara, guardandosi intorno nel corridoio deserto.

Gunnar e Ortensio erano qualche passo più indietro.

– La popolazione del regno si concentra nei livelli più alti – spiegò Diamante. – A mano a mano che si scende, la temperatura sale ed è difficile vivere...

– Lo sento. Fa un caldo, qui!

– Aumenterà sempre più, perciò prepariamoci tutti.

– Sei preoccupata, sorellona?

Diamante non le rispose. Ma era evidente che aveva qualcosa, dentro di sé, che le pesava.

In fondo alla fila, Ortensio camminava tranquillo, pensando alle tre prove. Non gli era mai capitato di fare qualcosa di tanto importante e non gli sembrava ancora vero. Era certo che i suoi genitori sarebbero stati fieri di lui, una volta che fosse ritornato a casa salvo e vittorioso.

Proprio in quel momento sentì un rumore alle sue spalle. Si girò ma non vide nulla, se non buio. L'ultima torcia era troppo lontana per illuminare il tratto di tunnel dietro di lui.

– Avete sentito? – domandò a Gunnar.

– No – rispose il Principe dei Ghiacci, facendo correre una mano all'elsa della spada. – Che cosa?

– Forse solo un sasso che si è staccato dalla parete – si affrettò a dire Ortensio.

Gunnar annuì, facendo attenzione all'oscurità che li seguiva. I suoi sensi acuti da lupo lo avrebbero aiutato, ma non rimpiangeva quel periodo della sua vita. Osservò compiaciuto il ragazzo. Apprezzava quelli come lui: attivi e propositivi, senza tanti pensieri per la testa.

– Tieni gli occhi aperti, ragazzo. Tu conosci questi luoghi. Io no. E non vorrei dover fronteggiare qualche brutta sorpresa – affermò il principe, temendo soprattutto per le due principesse che camminavano ormai molti passi davanti a loro, spalla a spalla.

Yara aveva provato più volte a fare domande alla sorella, ma Diamante sembrava essersi chiusa in un ostinato silenzio.

All'improvviso, però, iniziò a parlare.

– Yara... – sussurrò. – C'è una cosa che devo dirti.

La Principessa delle Foreste capì di dover stare in silenzio, per non farle cambiare idea.

– Ascoltami bene... noi siamo principesse, abbiamo un compito che va al di là della nostra vita di tutti i giorni. Dobbiamo proteggere i nostri regni e i popoli che li abitano, ed è un impegno che fino a questo momento abbiamo rispettato, anche rinunciando a molta parte di... di noi.

Yara annuì, anche se non era d'accordo. Lei non aveva rinunciato a niente.

– Ma anche noi possiamo sbagliare. E anche noi possiamo essere sfortunate.

Diamante restò zitta per un po' prima di continuare.

– Quello che ti sto dicendo, Yara, è che io per rimanere qui, nel Regno del Buio, a fare la principessa... ho dovuto rinunciare ai miei sentimenti.

– Come dici?

– Sssht! – la rimproverò Diamante. – E fino a qualche giorno fa credevo che ne sarei morta. Soffrivo. E più di una volta ho pensato di andar via e di seguire il giovane di cui... forse...

– Mi stai dicendo che ti sei innamorata?

Diamante, lentamente, annuì.

– Non è possibile... anche tu!

– Ma io mi sono innamorata della persona sbagliata, Yara. Solo adesso, con quello che ho scoperto dai vostri racconti, mi accorgo dell'incredibile errore che ho fatto. È come se fossi uscita da un sogno. Da un brutto sogno.

– E chi è?

– Un ragazzo molto affascinante, che è arrivato a corte un giorno, da un regno lontano.

– Da dove?

– Dalle sabbie del deserto.

– E cos'è accaduto?

– Abbiamo parlato a lungo, cenato insieme, lui mi ha incantato con i suoi racconti, mi parlava delle carovane delle sabbie, del mare, del cielo sconfinato e delle stelle e io... be'... io mi sono bevuta ogni sua parola come se fosse miele.

– Ti capisco. E poi?

– Poi, un giorno, l'ho portato a vedere la grotta delle Cascate di Smeraldo e...

– E...?

– È successo il peggio, a pensarci ora. Era magnifico, sotto la cascata, con mille gocce d'acqua che... e io... insomma, ci siamo persino...

– Persino?

Diamante lanciò un'occhiata mista di tristezza e di rimprovero a Yara, si guardò alle spalle per essere sicura che gli altri non la sentissero e poi rispose:

– Baciati.

– Hai baciato un ragazzo?!

– Sì – ammise Diamante, orgogliosa. – È stato un bacio molto dolce e delicato. Credevo, ero sicura, che tra noi ci fosse qualcosa, ma poi... Lui è scomparso, è ripartito all'improvviso, promettendomi che sarebbe tornato a prendermi e mi avrebbe mostrato le cose di cui mi aveva parlato.

– E invece non è tornato.

– No – ammise Diamante.

– E non ti ha scritto.

– Nemmeno.

– Insomma, è svanito nel nulla.

– Qualcosa del genere. Ma non è la cosa peggiore. Perché ho scoperto che probabilmente tutte le sue gentilezze, in realtà, facevano parte di un piano per potersi muovere indisturbato nel regno e rubare la mia strofa.

– È stato lui?

– Chi altri? Non ero al corrente dell'esistenza del Principe senza Nome e del suo piano.

– Tra tutte noi, ti è capitata la situazione peggiore – ammise Yara.

– Sì. È dolorosa. E mi occupa senza sosta la mente. Il mio cuore ha sperato a lungo che fosse così, che Gunnar si sbagliasse, ma ora che ho saputo anche della corte ghiacciata di Arcandida e di tutto il resto, non posso che pensare che il mio amato e misterioso Rubin si sia solo preso gioco di me.

Yara si fermò di colpo. – Come l'hai chiamato?

– Rubin.

– Rubin... come?

– Rubin Blue, perché? – Diamante sentì la tensione vibrare nell'aria buia della caverna.

Vide il viso della sua giovane sorella diventare bianco come un lenzuolo.

– Yara, che cosa ti succede?

– No... non è possibile...

– Parla! – le ordinò Diamante, ansiosa.

– Io ho già sentito parlare di Rubin Blue – confessò

Yara, con gli occhi spalancati, pieni di stupore.

– Davvero? E da chi?

– È stata Samah a parlarmene.

– Forse lo conosceva perché è un importante studioso dell'Accademia delle Sabbie...

– No, Diamante! Non me ne ha parlato per la sua fama di ricercatore.

– E per cosa, allora? – domandò Diamante sempre più preoccupata.

– Perché è stato proprio lui a rubare la sua strofa!

Gli occhi di Diamante furono percorsi da un lampo di luce, che li lasciò spenti subito dopo. Si sentì vuota, vuota e leggera, e dovette appoggiarsi a un corridoio per non cadere.

– Com'è possibile? Ne sei sicura?

– È stata Samah stessa a dirmelo.

– Quindi... quindi quell'impostore è stato prima qui a rubare la mia strofa e poi è andato nel Regno del Deserto per impadronirsi anche di quella di Samah?

– Non so da chi sia andato prima, ma credo che le cose si siano svolte così.

A quel punto lo sguardo di Diamante si indurì e divenne come di pietra.

– È una persona spregevole! Ingannarci così!

Approfittare della nostra ospitalità! Me la pagherà! – concluse con estrema freddezza.

Yara, conoscendo la sorella, capì che la verità l'aveva ferita nel profondo del suo cuore e che Diamante si era ritratta, chiudendosi in sé, per non poter più essere ferita in alcun modo.

– Una cosa, però, devi saperla... – continuò Yara.

– Cosa, ancora?

– Rubin non è il Principe senza Nome.

– No?

– No, ma lavorava al suo servizio.

– Cambia poco, non credi?

– Forse. Ma forse cambia. Forse è stato costretto a lavorare per lui. O forse, come altri, è vittima di uno dei suoi incantesimi.

– Che cosa mi stai dicendo?

– Che non ti ho mai vista sbagliarti così sul conto di una persona.

– E invece....

– E invece, forse, devi aspettare a essere così dura con lui. Forse Rubin provava davvero qualcosa per te. Forse non può tornare da te, ma lo vorrebbe.

– E da quando sei diventata così romantica?

Yara arrossì leggermente.

– Quindi ti sei innamorata? Anche tu? È per questo?

– Ma no!

– Io invece credo di sì. Come si chiama?

Yara capì di non avere altra scelta. Diamante era troppo sensibile per farsi ingannare.

– Vannak. Ma non...

Diamante mise un dito sulle labbra della sorella.

– Lo so, ho già capito. Certe cose non vanno spiegate. Basta guardare i tuoi occhi: sono più eloquenti di mille parole.

Yara chinò la testa, ancora più imbarazzata di prima, e rimase in silenzio. Il solo pensare a Vannak e al suo coraggio le dava forza.

E con quella forza riuscì a stare ancora più vicina alla sorella, per consolarla della sua grande delusione.

Le si avvicinò e l'abbracciò: – Ti voglio bene.

Diamante non rispose, ma una lacrima le sfuggì dagli occhi socchiusi.

24

La prima prova

Mancava l'aria. Quando la piccola compagnia si fermò, era provata dalla lunga camminata e stupita dal luogo in cui si trovavano.

Il tunnel che avevano appena percorso si concludeva con uno slargo di pietra levigata, nel mezzo del quale si ergeva una porta nera, piuttosto grande, anche se non enorme. Era una porta completamente priva di serrature o maniglie. Una lastra di metallo, incisa dalla stessa abile mano degli artigiani che avevano scolpito le porte della reggia.

– Che strana porta – commentò subito Yara, la più curiosa del gruppo. Fece qualche passo in avanti, ma Diamante la fermò.

– Attenta. Non calpestare il suolo davanti alla porta, perché è lì che dovremo scrivere la risposta all'indovinello.

La Principessa delle Foreste allora si limitò a osservare le incisioni, restando immobile.

– Non riesco a leggere nulla – ammise.

– Prova così – disse Gunnar, sollevando una fiaccola crepitante.

Lunghe lingue di luce avvolsero il metallo, facendo risaltare alcune lettere incise sopra.

Ma erano ancora troppo piccole e distanti, per essere leggibili.

Gunnar fece oscillare la torcia, avanti e indietro. Sulla parete di roccia vicino a loro, appeso a un gancetto, pendeva un bastoncino di legno scuro, che a stento si distingueva nell'oscurità.

– Dietro a quella porta non c'è nulla? – domandò Ortensio.

– Non semplicemente nulla... – rispose Diamante. – C'è il Nulla.

Ortensio annuì, pensieroso. Quando capì che l'unica vera difficoltà di quella prova era leggere le parole dell'enigma sulla porta, per poi poter rispondere, si schiarì la gola.

– Scusate... – disse. – Forse io so come fare.

– E cioè? – rispose Diamante.

Ortensio tirò fuori dalla borsa dei viveri un bricco di latte. Latte bianco e denso.

– Voi che sapete leggere velocemente, state pronti, perché non avremo una seconda possibilità!

Detto questo, lanciò il latte contro la porta. Il liquido bianco aderì alle scanalature delle lettere, riempiendole a una a una, mentre colava verso il basso e così le parole dell'indovinello comparvero e scomparvero.

– Sono amico e nemico...

– Rapido e molto... lento...

– Non sono arrivato che già riparto...

– Ma se vuoi, son sempre presente...

– Non mi vedi...

– Non ho letto l'ultima parola...

– La gente – disse Diamante.

Il latte fu inghiottito da una fessura alla base della porta. Ortensio guardò i suoi amici e domandò loro: – Allora, avete letto?

I tre si consultarono, unirono i pezzi e arrivarono a formulare l'intero indovinello:

SONO AMICO E NEMICO,
SENZA ESSERE TUO PARENTE.
SONO RAPIDO E MOLTO LENTO,
SENZA MUOVERMI VERAMENTE.
NON SONO ARRIVATO CHE GIÀ RIPARTO,
MA, SE VUOI, SON SEMPRE PRESENTE.
SONO GIOVANE E SONO VECCHIO,
MA NON MI VEDI TRA LA GENTE.

– È un indovinello vero e proprio! – commentò Ortensio, eccitato.

– E nemmeno molto semplice – commentò Yara.

Gunnar invece rimase in silenzio, pensando alla possibile risposta.

– Abbiamo una sola possibilità – specificò Diamante.

– E se sbagliamo?

– La botola non si aprirà.

– Per sempre?

– No. Ma per un lungo tempo. Lo stesso tempo che ci vorrà per scolpire un altro indovinello; se invece risponderemo correttamente...

– Vuoi dire che l'indovinello cambia?

– Non è mai cambiato, finora, perché nessuno ha cercato di aprire la botola, o ci è riuscito.

– E chi è che verrà a camb...

– YARA! – sbottò Diamante. – Non è dell'indovinello che dobbiamo parlare. Ma della sua soluzione!

– Io conosco la soluzione – disse Gunnar.

– Allora scrivetela subito! – rispose Ortensio.

Gunnar fece per prendere il bastoncino di legno, sperando di potersi rendere utile.

– Fermo! Nessuno può toccarlo, al di fuori della

persona che risponderà al quesito. Sei sicuro di sapere la soluzione?

– Sì: è la pioggia.

– La pioggia? – sbottò Yara.

– È amica e nemica...

– Giusto! – disse Ortensio, che però non l'aveva mai sentita cadere su di sé.

– Veloce e lenta... ed è molto attesa, anche se dura poco...

Gli altri annuirono. Gunnar stava per prendere il bastoncino, quando Diamante lo fermò.

– Ma la pioggia non è giovane. Né vecchia.

Gunnar esitò. – No, ma... può esserlo...

– Devi esserne sicuro. Se sbaglierai...

– Per me la pioggia è una gran risposta!

– E se invece fosse l'amore? – intervenne Yara.

Diamante si morse il labbro.

– Amico, nemico, giovane e vecchio, lo aspetti e lui se ne va... è rapido a volte, a volte invece è lento...

Diamante guardò Gunnar.

– È vero. È una risposta migliore della mia – ammise il Principe dei Ghiacci.

– Migliore o giusta?

Diamante esitò.

– Non può essere l'amore.

– Perché no?

– Perché lo si vede, tra la gente. Io ho visto subito che tu eri innamorata…

– Diamante! Avevi promesso!

– Ti chiedo scusa!

– Ah sì? Allora posso dire a tutti che ho capito subito che anche tu lo eri!

– Yara!

Le due sorelle presero a battibeccare, fino a quando Ortensio le interruppe, deciso.

– Basta! Principesse, finitela! Il tempo stringe!

– Come hai detto? – quasi gli urlò Diamante.

Ortensio si ritrasse, temendo una sgridata. Che sciocco era stato! Non ci si rivolge così a una principessa, anche se si sta comportando da ragazzina.

– Io... principessa Diamante, non volevo...

– No! Che cosa hai detto? – insistette la Principessa del Buio, con gli occhi che fiammeggiavano.

Un po' per il caldo, un po' per la situazione, Ortensio sudava abbondantemente.

– Ho detto che non abbiamo tempo...

– Tempo!

– Il tempo!

– È giusto! È quella la soluzione! – esclamò Gunnar. Gli occhi di lupo brillarono nella semioscurità di un lampo di fierezza.

– Sei un genio, Ortensio! – disse Yara.

Il ragazzo si guardò intorno, esterrefatto. – Io?

– Tu hai dato la risposta, tu devi scriverla!

– Io... ma io... so appena... scrivere il mio nome!

– Coraggio! Non è difficile!

– Scrivi “tempo” davanti alla porta.

Ortensio non sapeva bene come comportarsi. Pensava, rapidamente: il tempo è tuo amico quando è tanto, nemico quando è poco. Sì. È veloce e lento, a seconda se stai vivendo un bel momento o uno brutto. Aspetti quello che succederà, ma non appena succede è già passato. Ed è giovane e vecchio, come tutti noi, anche se non lo vedi davvero.

Sporgendosi il più possibile, tese la mano verso il bastoncino. Lo afferrò e lo staccò dal gancio. Era sottile e leggero, come una piuma.

Tutti gli altri lo osservavano in rigoroso silenzio, trattenendo il respiro nell’attesa.

Ortensio impugnò il bastoncino come una penna e si piegò sulle ginocchia. Una grandissima emozione si impadronì di lui e cominciò a fargli tremare le mani.

Chiuse gli occhi e, con la consapevolezza che non poteva sbagliarsi, cominciò a scrivere.

TEMPO

Il resto della compagnia seguiva, come ipnotizzato, le lettere che si delineavano piano piano nella terra, sperando con tutto il cuore che fosse la parola giusta.

Non appena Ortensio ebbe finito e sollevò il bastoncino da terra, si aprì un varco nel punto in cui aveva scritto, rivelando un'apertura che portava al livello inferiore. Il livello zero. Ortensio si alzò in piedi e guardò gli altri sorridendo. Stringeva il bastoncino di legno tra le mani, come uno scettro. In quel momento si sentiva un principe, come tutti loro.

25
La seconda prova

Tutta la compagnia stava fissando quella botola di legno che si era aperta nel terreno davanti alla porta, sotto il riquadro in cui Ortensio aveva scritto la risposta all'indovinello.

– È piuttosto piccola – commentò Gunnar.

– In effetti tu potresti faticare a passarci. Prima ci caleremo Ortensio, Yara e io, per renderci conto delle dimensioni effettive del passaggio – propose Diamante.

– Va bene, ma mi raccomando state attenti – disse Gunnar, notando del vapore salire dall'apertura.

– Non ti preoccupare: non c'è nulla là sotto, per lo meno finché le porte resteranno chiuse.

A quelle parole gli occhi di Yara si illuminarono: il

pensiero di una nuova avventura la esaltava.

– Chi scenderà per primo? – chiese.

Ortensio si offrì subito volontario.

– Vado io, se voi me lo permettete, principessa.

Diamante annuì e disse: – Vai pure, Ortensio. Tu hai aperto il passaggio e tu lo varcherai per primo. Non appena ci darai il via libero ti seguiremo.

Il ragazzo, onorato dell'incarico, si preparò.

Dopo aver consegnato il tubero a Diamante, con cautela e grande agilità si infilò nel buco, tenendo le mani ben salde sulla superficie del terreno, i muscoli delle braccia tesi nello sforzo. Poi si calò giù con un salto. Atterrò sui piedi, le ginocchia leggermente piegate, e si risollevò in posizione eretta. Quindi cominciò a guardarsi intorno, sparendo dalla visuale di chi stava ancora sopra.

– Ortensio? – chiamò Diamante, non vedendolo più.

– Sono qui, principessa – disse lui ricomparendo sotto l'apertura. – Potete scendere. È tranquillo.

La principessa allora gli passò con attenzione il sacco con il tubero e poi disse: – Vai tu, Yara.

Il corpo snello di Yara scese senza problemi.

– È incredibile qui! – si sentì esclamare da sotto.

Poi scese Diamante, facendo attenzione a non far

impigliare le maglie di rame e argento del suo abito nelle irregolarità dei bordi dell'apertura.

Non appena toccò terra guardò verso l'alto e batté una volta le mani. Una delle due farfalle si staccò dalla parete di roccia e volò da lei.

Quindi venne il turno di Gunnar.

Il Principe dei Ghiacci si levò il cinturone con la spada e il mantello.

– Ortensio, ti affido alcune cose – disse.

Il ragazzo recuperò tutto e tenne in mano le vesti di Gunnar, in attesa che il principe li raggiungesse.

Quando furono di nuovo tutti insieme, cominciarono a guardarsi attorno.

Si trovavano in una grande stanza circolare, con il soffitto alto quanto due uomini.

Una parte dell'ambiente era illuminata da torce affisse alle pareti, che Ortensio aveva appena acceso.

L'altra parte era avvolta dal buio più totale.

Si sentiva un rumore di fondo simile allo scroscio di una cascata, ma non si trattava di acqua: era il ribollire della lava che scorreva nel suo letto ardente, non lontano da loro.

Nella zona illuminata si potevano scorgere sei porte, tutte di ferro, scure come quella su cui era inciso l'indovinello, ma ognuna diversa dall'altra.

Vedendo Yara avvicinarsi a una di esse, Diamante ricordò loro che si trovavano di fronte alla seconda prova: – Dobbiamo aprirne solo una, quella giusta.

– Lo so, ce lo hai spiegato. Ma come facciamo a sceglierla? – rispose la sorella.

– Yara, dobbiamo avere pazienza e aspettare che le Farfalle dalle Ali di Velluto percepiscano qualcosa.

– Che cosa c'è dietro alle altre porte? – chiese Gunnar, ansioso di accelerare l'arrivo all'Antro del Fuoco Fatale.

– Forse è meglio non saperlo. Così rimarremo tutti più tranquilli! – propose saggiamente Ortensio.

– Secondo me dobbiamo aprire questa! – insistette Yara, appoggiando la mano sulla maniglia.

– Io invece dico che è questa – disse imperiosa Diamante avvicinandosi alla porta più a sinistra. – Ma solo se la farfalla mi si poserà sulla spalla saprò di non sbagliarmi.

Con grande solennità afferrò il pomolo di ferro rotondo e subito la farfalla le si appoggiò sulla spalla, con grazia infinita. Diamante girò la maniglia.

Non appena si aprì uno spiraglio, una ventata rovente investì la piccola compagnia, tanto che tutti dovettero farsi scudo al viso con le mani.

– Io non credo! È caldissimo, dall'altra parte – osservò Yara.

– Non preoccuparti, è solo perché tutto questo calore è stato imprigionato per lungo tempo. Si disperderà velocemente e tra poco l'aria sarà più respirabile.

Ortensio e Gunnar non commentarono. Si limitavano a guardare preoccupati oltre la porta, desiderosi di scoprire che cosa li attendeva.

Il pensiero di Nives lontana e in pericolo diventava

sempre più intenso per il Principe dei Ghiacci.

Fu in quel momento che Yara, incapace di frenare la curiosità, girò la maniglia della porta che aveva scelto.

Non appena Diamante la vide, urlò con tutto il fiato che aveva in gola: – No! No! Non farlo!

Ma era già troppo tardi.

La Principessa delle Foreste aveva spalancato la sua porta su un corridoio buio, fresco e silenzioso.

26

Eroe per un giorno

Allontanatevi di lì, presto! – gridò Diamante ai suoi compagni di viaggio, che fissavano senza parole il corridoio buio.

La principessa si avvicinò alla porta per tentare di richiuderla, prima che fosse troppo tardi, ma era difficile riuscire a muoverla.

Un attimo prima che la porta si chiudesse, ne emerse una creatura gigantesca, nera, che le si parò di fronte con l'aggressività di un rapace.

– Attenti! – urlò Yara.

– Diamante! A terra! – fece eco Gunnar.

– Per mille orti abbandonati! – sussultò Ortensio.

Nella stanza era comparso un gigantesco pipistrello,

che sbatteva furiosamente le ali e snudava orribili denti affilati.

SKREEEK! SKREEEK!

– Dietro di me! – gridò Gunnar, la spada in mano.

– Non ucciderlo! – lo supplicò Diamante. Anche il pipistrello era una creatura del suo regno.

La principessa aveva il cuore che batteva all'impazzata. Il pipistrello era davvero orribile, con una grande bocca piena di denti aguzzi, gli occhi neri e lucidi come gemme, due orecchie affilate e pelose.

Emise un nuovo grido raccapricciante, che fece arretrare tutti. Tutti tranne una delle farfalle, che gli volò contro per proteggere la principessa. Il pipistrello la colpì con un'ala. L'impatto fu violento e il candido insetto finì a terra, senza muoversi più.

– Oh no! Che cosa ho fatto! – esclamò Diamante. – Che cosa abbiamo fatto!

Yara, sentendosi in colpa, non perse altro tempo ed estrasse una delle sue frecce dalla faretra. Tese l'arco e scoccò.

Il grosso pipistrello la sentì arrivare, con il suo udito finissimo, e si spostò a una velocità fulminea. La freccia andò a piantarsi nella parete dietro di lui.

Poi sembrò sul punto di attaccare.

Diamante era immobile a terra, lo sguardo sulle ali della sua farfalla; era stata molto coraggiosa. Non l'avrebbe mai dimenticata.

Qualcosa le passò sopra. Era Gunnar, la spada in pugno, che si era frapposto tra lei e il pipistrello.

I due si avventarono uno contro l'altro. Il pipistrello lo assalì e tentò di morderlo. Ma Gunnar si difese e lo ferì a un'ala, con la spada.

La ferita era profonda, ma non sufficiente a farlo desistere. L'animale tornò in picchiata sul Principe dei Ghiacci, che quasi scomparve nell'abbraccio delle sue ali nere.

Nessuno osò più respirare. Ortensio afferrò una pietra da terra e la scagliò contro il pipistrello, che parve però non accorgersene nemmeno. Provò ad attaccarlo a testa bassa, ma non appena si avvicinò ricevette un colpo fortissimo che lo mandò a terra, privo di sensi.

Infuriata, Yara scoccò altre frecce, che affondarono nella sua folta pelliccia scura. Ma ancora niente. I due si dibattevano, avvinti in un mortale abbraccio.

Fu quando passarono sotto l'apertura della botola che accadde qualcosa di inaspettato. Qualcuno o qualcosa si gettò sul pipistrello, urlando: – Vieni qui! Ci penso io, a te!

Ma i presenti non riuscirono a capire chi fosse.

A un certo punto la sagoma di un cappello a punta rotolò sul pavimento. Diamante e gli altri indietreggiarono, temendo una nuova minaccia.

– Calengol! – gridò Diamante.

– Non temete, principessa. Ci penso io a lui – disse l'elfo dei ghiacci, da sopra al pipistrello. Reggeva tra le mani una rete, con cui stava cercando di imprigionare le sue ali.

Tutti osservavano la scena sbigottiti.

Il pipistrello, attirato dal nuovo venuto, lasciò Gunnar e provò a volare verso l'alto, per schiacciare Calengol contro il soffitto. Ma le ferite che aveva ricevuto e la rete dell'elfo gli impedivano i movimenti.

Così si gettò a terra, dove cominciò a dibattersi, cercando di liberarsi.

– Gunnar!

Il mantello del principe era distrutto, i vestiti ricoperti di una strana bava giallastra, il volto ferito, ma riuscì comunque a sollevare una mano. – Sto bene! Sto bene!

Il pipistrello continuava a dibattersi e a strillare.

– Sbrigatevi, non so per quanto riuscirò a trattenerlo! – gridò Calengol. – Scappate! Andate via!

Il pipistrello ora sembrava disorientato e si dimenava in tutti i modi, nel tentativo di liberarsi. Calengol cercava di non perdere la presa, ma si capiva che era allo stremo delle forze.

– Calengol, non possiamo... – iniziò Diamante.

Poi una mano robusta le afferrò un braccio.

– Andiamo! Ci sta offrendo la nostra ultima possibilità

di proseguire! – esclamò il Principe dei Ghiacci.

Yara, aiutata da Gunnar, trascinò il corpo di Ortensio oltre la porta. Lo schiaffeggiò delicatamente, poi fece un sospiro di sollievo.

– Per fortuna è solo svenuto!

Fecero per chiudersi la porta alle spalle, e con essa l'orribile strepito di quella creatura, ma Diamante lo impedì.

– No! – disse. – La porta deve rimanere aperta.

Così si limitarono a sistemare Ortensio in una nicchia nascosta e a scappare via. Tutto ciò che sentirono fu l'ultimo grido di Calengol, rivolto a Gunnar: – Ora mi credi, principe? Mi credi?

27
La terza e ultima prova: Milledenti

A nessuno di loro faceva piacere l'idea di lasciare Ortensio, ma non avevano scelta, se volevano proseguire.

Gunnar si offrì di caricarselo in spalla, ma Diamante gli ordinò di non farlo: – Troveremo una soluzione più tardi. Non corre pericoli, qui. Se la caverà!

Yara era senza parole.

– Mi dispiace per quello che ho fatto.

Diamante fece un gesto vago con la mano. – Ormai è andata così.

– Potrei restare qui, con lui... – si offrì Yara.

– No. Dobbiamo andare avanti. Tutti e tre.

I tre principi, pensò Diamante, ma non lo disse.

Solo i principi potevano affrontare il Fuoco Fatale. Non era così che le aveva detto, tanti anni fa, suo padre?

– Sei sicura che non gli succederà nulla?

– Sì. Andiamo.

Yara prese la gerla di Ortensio contenente il prezioso tubero, si morse un labbro, perplessa, guardando il giovane svenuto nella nicchia. Poi abbassò gli occhi a malincuore e seguì la sorella.

Gunnar chiudeva la fila, con il cuore ardente.

Non gli bruciavano tanto le ferite, quanto il gesto di Calengol, che gli aveva salvato la vita. Perché l'aveva fatto? si chiedeva. Forse anche Calengol meritava un'altra possibilità.

Camminavano da alcuni minuti in un lungo tunnel, diverso da tutti gli altri perché decisamente più stretto e quasi completamente tondeggiante.

Sembrava di percorrere un grosso tubo, soffocante, buio e molto caldo.

Solo in lontananza si intravedeva una luce.

– Milledenti è laggiù – sussurrò Diamante, indicando con il dito il fondo dove il tunnel si allargava in un ambiente circolare.

– Andiamo! – disse Yara, impavida.

Gunnar e Diamante si scambiarono uno sguardo d'intesa che significava: teniamola ferma.

– Prima di raggiungerlo vorrei raccontarvi la sua storia... – disse Diamante. – Milledenti non è sempre stato la creatura che vedrete...

Gunnar tese le orecchie. L'inizio della storia gli parve quasi il suo.

– Quando nacque, Milledenti era un semplice millepiedi gigante, uguale a tutti gli altri insetti della sua specie. Abitava con la sua famiglia nel sottosuolo più oscuro. Vivevano felici e sereni, insieme agli altri animali del regno, fino al giorno in cui arrivò il Vecchio Re. Era un uomo senza scrupoli e spietato che non esitava a servirsi della magia per ottenere potere. Un giorno, dovendo provare un incantesimo proibito, di cui non conosceva esattamente le conseguenze, scelse di sperimentarlo su quel millepiedi. L'incantesimo lo trasformò in un essere molto più grande e crudele, che il Vecchio Re utilizzò per un po' di tempo come guardia alla base del suo fossato. Di lui si sono scritte pagine terribili. Ma quando poi nostro padre, il Re Saggio, sconfisse il Re Malvagio, ebbe pietà anche del gigantesco millepiedi, reso feroce suo malgrado, e pensò a come poterlo aiutare.

– Ma non dev'esserci riuscito, perché, a quanto dici, è ancora molto feroce – osservò Yara.

– È vero, lo è, ma nostro padre ha fatto qualcosa comunque. Ha scoperto che era ghiotto di un tubero, quello che hai recuperato con Ortensio e Zaffira, lo ha cercato e glielo ha offerto. Milledenti si è subito reso mansueto, così lui l'ha portato davanti alla porta dell'Antro del Fuoco Fatale e lì l'ha lasciato di guardia.

– Quindi ha trovato un modo per renderlo utile, evitando sia di ucciderlo, sia di allontanarlo dal regno perché troppo pericoloso – disse Gunnar.

– Esatto. A ognuno il suo ruolo, diceva sempre.

– Vostro padre, principesse, era un uomo davvero eccezionale.

Nell'udire quel verbo usato al passato le due sorelle si intristirono un po', perché a tutte loro mancava moltissimo.

Quando i tre giunsero in prossimità dell'ingresso dell'antro, si fermarono.

Milledenti se ne stava accoccolato, il corpo a forma di mezzaluna, proprio davanti alla porta. Occupava buona parte dell'ambiente circolare in cui si trovava e non accennava a muoversi. Aveva proporzioni impressionanti, che avrebbero intimorito il più coraggioso dei cavalieri.

Per fortuna sembrava profondamente addormentato.

– Tiriamo fuori il tubero prima di avvicinarci: nel caso dovesse accorgersi di noi, non esiterà a divorarci in un sol boccone – disse Diamante.

Yara lo osservò: aveva zampe corte e uncinate. Le fauci erano chiuse, ma pareva poter contenere una persona intera senza alcuno sforzo. Dalla cima della testa tonda, come una palla, svettavano due lunghe antenne, che vibravano nell'aria immobile del tunnel.

Il suo corpo aveva la circonferenza di un tronco d'albero, era nero e lucido con una striscia rossa fiammante sul dorso e percorso da anelli che lo fasciavano in senso orizzontale. Era impressionante.

– È davvero enorme – osservò Gunnar, che non aveva mai visto un insetto tanto grande in vita sua.

– Sì, ed è anche molto forte e veloce – aggiunse la Principessa del Buio. – Quindi, Yara, stavolta non fare sciocchezze. Mi hai capito?

– Sì, sorellona, stai tranquilla.

Detto questo Yara estrasse il tubero dalla sacca, con estrema cautela, utilizzando un panno imbevuto di acqua salata che Ortensio aveva inserito apposta.

La principessa però non fece in tempo a estrarlo, che il grosso insetto si svegliò.

– Non ho fatto niente! – si difese subito Yara.

– Credo dipenda dal tubero. Deve averlo sentito – ipotizzò Diamante.

– Ma se non ha nessun odore!

– Secondo te, ma per lui ha un odore prelibato.

– Mmm... Ho già l'acquolina in bocca...

Il grande insetto cominciò a fremere, girandosi rapidamente sulle sue mille zampe.

– Che cosa si fa? – domandò Yara, ancora immobile con il tubero in mano.

– Propongo di fare così, se siete d'accordo – suggerì Gunnar. – Io mi avvicino con il tubero per attirare la sua attenzione. Glielo offro e aspetto che lui inizi a mangiarlo. E intanto voi passate.

– Va bene. Facciamo così. Ma attenzione! – disse Diamante.

– Non preoccupatevi.

Gunnar prese il tubero dalle mani di Yara e si avvicinò a Milledenti, che lo fissava con occhi tondi e minacciosi.

Era una montagna nera e rilucente, un'armatura colossale, che strideva davanti a lui.

– Stai buono – gli disse il Principe dei Ghiacci con voce calma. – Ho qualcosa per te – aggiunse.

E sollevò il tubero.

Le antenne di Milledenti si allertarono all'istante; si sollevò sulle zampe, raddrizzando parte del corpo, fino a urtare il soffitto.

L'intera sala tremò.

– Yara!

– Diamante!

– Tra poco! Fai attenzione!

Il millepiedi cominciò a muoversi verso il Principe dei Ghiacci, lentamente, come per saggiare il terreno.

Gunnar non si fermò fino a che non se lo trovò di fronte. Arrivava a metà della testa di Milledenti. L'altro si muoveva con circospezione, come se fosse alla ricerca del tubero che Gunnar teneva nella mano destra. Quando il millepiedi aprì la bocca, Gunnar dovette trattenersi per non arretrare: non si aspettava di trovarsi davanti un tale schieramento di denti aguzzi. Ma riuscì a non muoversi. Attese di capire quale sarebbe stata la prossima mossa di Milledenti. Le antenne lo frugarono per qualche istante facendolo rabbrividire, ma il principe rimase al suo posto. Alla fine, quando capì che era giunto il momento opportuno, sollevò leggermente la mano con il tubero e lo lanciò tra le zanne di Milledenti.

Il millepiedi sembrò gradire molto, perché lo addentò con un colpo secco. Poi cominciò ad arretrare. Si ritirò in un angolo della stanza a gustarselo in pace, lasciando incustodita la porta dell'antro.

– Funziona! – esclamò Yara felice.

A quel punto il millepiedi sollevò la testa e si fermò.

– Oh, no. Scherzavo! Mangia, piccolino, non ti curare di me.

Per sua fortuna Milledenti riprese a mangiare, tranquillo, e cominciò anche a fare alcuni soddisfatti gorgoglii.

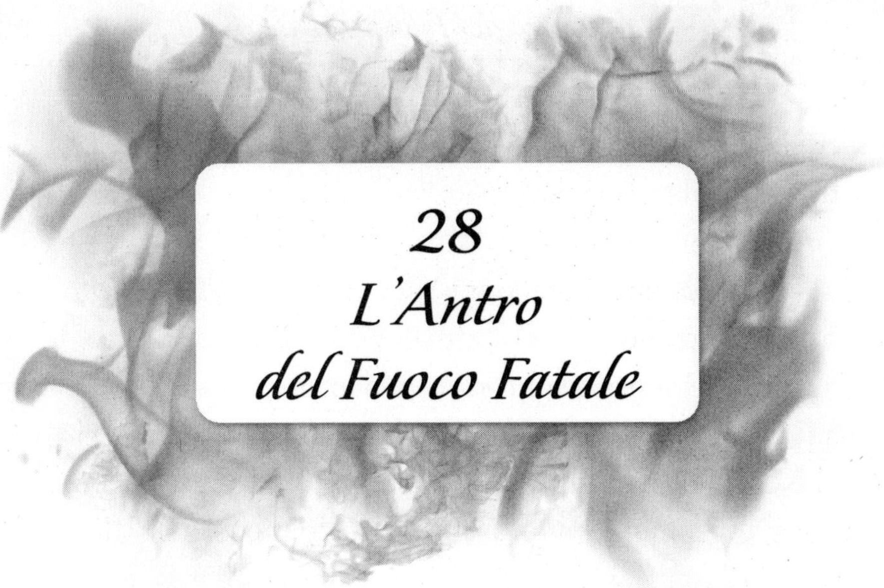

28
L'Antro del Fuoco Fatale

Diamante, Yara e Gunnar si avvicinarono alla porta con la massima cautela. A pochi metri da loro, Milledenti stava consumando il suo pasto assaporandone ogni singolo boccone. Nessuno di loro avrebbe voluto più disturbarlo, nemmeno per tutto l'oro del mondo.

La porta dell'antro era molto simile alle altre che avevano incontrato fino a quel momento ma, come tutto lì sotto, aveva anch'essa una forma tondeggiante.

– Come mai è tutto rotondo qui? – chiese Yara.

– Tra poco lo capirai. Credo – le rispose la Principessa del Buio. Poi aprì il portone, con una certa difficoltà, segno che era chiuso da molto tempo.

Si trovarono in un ambiente completamente privo di torce, simile a una caverna.

– Venite.

– Sai cosa fare, sorellona?

– Più o meno.

Yara e Gunnar seguirono Diamante. Yara si mise ad annusare l'aria, molto diversa da quella pesante e densa che c'era all'esterno. Anche lì dentro era calda, ma quasi profumata. Sapeva di terra scaldata dal sole, di fiori e di foglie, sapeva di resina, o di muschio, di tutti quegli odori che là sotto le erano mancati.

– I miei sensi non mi ingannano? Questo profumo è reale?

Diamante annuì.

– Lo sento anch'io – disse Gunnar. – Mi sembra di essere nella caverna del Grande Albero. Com'è possibile?

– Il Fuoco scalda il mondo intero e dà la vita, perciò racchiude in sé ogni profumo.

– E dove si trova il Fuoco? – chiese Yara.

Diamante indicò un bagliore dietro uno sperone di roccia, proprio davanti a loro.

Tutti si mossero verso quella luce, ancora debole.

E lo videro.

Era una sfera, bianca, accecante, avvolta in una fiamma che bruciava senza produrre suoni.

Fluttuava sopra una formazione di cristallo alta e stretta, come una pietra sopra uno scettro regale.

– Caspiterina! – esclamò Yara.

Diamante respirò a fondo, poi le si avvicinò, come per prenderla tra le mani.

– Attenta!

– A cosa?

– Ti scotterai?

Diamante scosse il capo. Ricordò le parole di suo padre e rispose: – No, noi principesse possiamo maneggiarla senza danno. Non temere.

Così la accolse nei palmi delle sue mani. Non appena lo fece, la sfera cominciò ad animarsi, come d'incanto. Il fuoco che l'avvolgeva divenne più forte e luminoso e prese a fiammeggiare con più vigore.

La palla poi si accese di una luce quasi abbagliante che illuminò tutta la caverna.

Yara gridò. E anche Gunnar si sentì mancare. Si trovavano sul ciglio di un dirupo, di una caverna che pareva senza fondo. Era immensa e sconfinata e precipitava nel cuore stesso del loro mondo. Le pareti erano come specchi, composte da milioni di cristalli, che cominciarono a brillare come tante stelle.

– È bellissimo.

Anche Gunnar era affascinato e non smetteva di guardarsi intorno.

– Ora, però, devo liberarlo da qui...

Gunnar si avviò verso la porta e controllò Milledenti. Il millepiedi era ancora dove lo avevano lasciato e stava masticando tranquillo.

– Bene. La via è ancora libera – disse.

Allora Diamante lo raggiunse sulla porta e, una volta lì, si fermò.

– Perché ti sei fermata? – chiese Yara.

– Non posso proseguire oltre. Devo lanciare la sfera da qui.

– Lanciarla?

– Esatto. Per questo motivo il corridoio è arrotondato. Per permettere al Fuoco Fatale di rotolare velocemente!

– Ma...

– È così che devo fare: quando lascerò andare la sfera, essa comincerà a rotolare e si ingrandirà fino a occupare tutto lo spazio di questo tunnel. E correrà veloce nella direzione che io le ho dato.

– E che direzione le darai?

– Arcandida.

– E... come?

Diamante avvicinò la sfera alle labbra e le sussurrò:

– Vai da Nives!

La sfera vibrò, come percorsa da iridescenze.

Poi Diamante abbassò le mani verso terra e con uno slancio minimo la proiettò in avanti. La sfera prese a roteare nell'aria, si ingrandì un po', poi sempre di più, aumentando anche la sua luce. Le fiamme si fecero altissime. La avvolsero come gigantesche lingue rosse e gialle e scomparvero.

Gunnar e le due principesse la osservarono allontanarsi nel corridoio, correndo a grande velocità.

Diamante chiamò a sé l'ultima delle sue farfalle

e le disse, accarezzandole le antenne: – Presto, vai! Vola a Terratonda e avverti Zecchino e gli altri perché sappiano che il Fuoco è lungo il suo cammino. Quindi recati al Fossato Fremente e attraversa il passaggio magico.

Una volta giunta ad Arcandida, consegna questo messaggio alle mie sorelle – disse Diamante.

Le legò a una zampetta un cartiglio che aveva custodito fino a quel momento tra le pieghe della veste. Quindi accarezzò la farfalla su un'ala e la lasciò andare.

In cuor loro, tutti e tre sperarono che sapesse trovare la strada per la superficie.

29
Un messaggio per Nives

A Terratonda erano tutti in fervente attesa. Quando Zaffira scorse la farfalla da lontano, diede ordine alle talpe della guardia reale di chiudere tutte le porte e le finestre della reggia, in modo che il Fuoco, se qualcosa fosse andato storto, non potesse recare troppo danno.

Quindi corse ad avvisare il padre.

– Padre! Il Fuoco è in viaggio – disse.

Zecchino guardò la figlia e rispose: – Ora non ci resta che aspettare fiduciosi, dal momento che tutto dipende dalla sua direzione.

Il Maestro delle Correnti Oscure chiuse gli occhi e rimase in silenzio. Dopo qualche istante li riaprì e mosse la testa in segno di approvazione, senza dire nulla.

Zecchino e Zaffira avevano imparato a decifrare i gesti muti del saggio. E in quel caso si sentivano rincuorati, perché il responso era positivo.

A quel punto si misero in attesa del ritorno della spedizione, non senza aver prima rivolto un pensiero a quella corte lontana, nel Regno dei Ghiacci Eterni, di cui avevano sentito solo parlare, ma a cui ora si sentivano più vicini che mai.

~*~

Dopo poche ore, Gunnar, Yara e Diamante raggiunsero finalmente Terratonda, sfiniti, ma fiduciosi.

Diamante batté le mani tre volte davanti a una delle dodici porte e quella si aprì di colpo.

Yara notò che non erano tornati dalla stessa porta da cui erano usciti. Questa era decorata con incisioni di lunghe montagne, che le parvero proprio i Monti Muschiati del suo regno.

Diamante, notando lo sguardo attento della sorella disse: – Sì, è il Regno delle Foreste. Ti manca, vero?

– Un po', ma so che è in buone mani.

– Ne sono certa, dato che tu sei qui!

Yara sorrise.

Poi i tre imboccarono il tunnel d'ingresso e da lì, attraverso le dispense, salirono su una balconata. Sotto, nel grande cortile, videro alcune talpe schierate di guardia.

Diamante non disse nulla. Raggiunse la sala del trono, dove ritrovò Zecchino, Zaffira e il Maestro delle Correnti Oscure.

– Miei cari... – li salutò. – Il Fuoco Fatale è stato liberato e io ho fatto del mio meglio per condurlo nella direzione giusta. Ora non possiamo fare altro che sperare.

– Io torno ad Arcandida! – esclamò Gunnar.

– Non puoi. Finché il Fuoco è in movimento, non c'è modo di accedere al Regno dei Ghiacci Eterni da qui.

La principessa parlò con tono solenne, velato da una leggera emozione. E Gunnar si zittì.

– Chissà dove si trova, ora... il Fuoco... – mormorò Yara, sedendosi, distrutta, su una sedia.

Il Maestro delle Correnti Oscure mosse le mani nell'aria e davanti a lui comparve una minuscola scintilla, come una lucciola. La scintilla correva, veloce, svoltando ad angoli impossibili.

Il Maestro mosse di nuovo le mani, e la luce sparì.

Tutti rimasero zitti, in preda a pensieri inquieti, in cui la speranza si confondeva con la preoccupazione. Le sorti di Arcandida erano ancora incerte, e in più la principessa non riusciva a smettere di pensare a Ortensio: aveva mandato un manipolo di talpe della guardia reale a cercarlo e ancora non si era avuta nessuna notizia di lui.

Poi il silenzio che stava per diventare di piombo venne interrotto da una voce tremante.

– È permesso?

Gli occhi dei presenti volarono alla porta d'ingresso.

– Ortensio! – esclamò Yara. – Ortensio, sei tu?

La domanda, frutto dell'emozione e della gioia inattesa, era superflua. L'esperto orticoltore del Regno del Buio era proprio lì, un po' pallido e ammaccato a guardarlo bene, ma di certo vivo.

La principessa corse verso il giovane e lo abbracciò singhiozzando.

Rosso per l'imbarazzo, Ortensio ebbe il tempo di farfugliare alcune parole, prima che le lacrime gli incrinassero la voce. – Non sapete quanto sono felice di rivedervi... Ma quando ho ripreso conoscenza, il pipistrello... Calengol... non ce l'ha fatta.

Il sorriso che aveva rischiarato poco prima il volto di Gunnar si spense di colpo. Il Principe dei Ghiacci abbassò gli occhi, mentre una fitta gli attraversava il cuore. Calengol non solo si era prodigato per salvare il regno ma si era spinto perfino a sacrificare la vita per combattere il pipistrello gigante. Gunnar si nascose il viso tra le mani, rimproverandosi di aver commesso il grave errore di non credere all'elfo. Calengol diventava così l'ennesima vittima delle trame malvagie del Principe senza Nome.

'Perdonami, Calengol' pensò 'ho sbagliato e non sai quanto sia grande il mio rimorso. Ma puoi stare certo: il tuo sacrificio non è stato inutile'.

Fu Diamante a rompere il silenzio: – Cerchiamo di riposare un po', ora. Siamo tutti sconvolti ed esausti. Più tardi scopriremo se la corsa della sfera infuocata è andata a buon fine.

Il gruppo si disperse nelle varie stanze senza obiettare.

– Tu no – disse Diamante a Yara. – Tu vieni con me.

E la prese per mano.

30
Il chiostro delle Farfalle di Velluto

Yara aveva davanti agli occhi lo spettacolo più incredibile a cui avesse mai assistito. Diamante l'aveva condotta in un chiostro, dove regnava il più assoluto silenzio, rotto solo di tanto in tanto dal frusciare delle grandi ali delle farfalle. Dal soffitto e dal terreno nascevano meravigliose stalattiti e stalagmiti, che si allungavano le une verso le altre, per unirsi poi in straordinarie sculture naturali.

Le colonne del chiostro erano interamente coperte di farfalle. I grandi insetti erano posati, uno accanto all'altro, in modo da formare una sorta di prezioso rivestimento, bianco come la neve.

– È un luogo incantevole! – commentò Yara.

– Come darti torto, sorellina? È stata la natura a crearlo.

– Davvero? Non è stato scolpito dagli uomini?

Diamante scosse il capo. – No. Questa è semplice roccia. Roccia di migliaia di anni. Dopo che nostro padre diede vita alle farfalle, esse si diressero in questa caverna, e la scelsero quale loro dimora. Nel tempo il lento gocciolio dell'acqua calcarea che scorre in queste rocce ha scolpito le stalagmiti e stalattiti nel modo che

vedi. Alcune di esse, laggiù, unendosi, hanno creato questo meraviglioso chiostro, che pare opera dell'uomo tanto è "artistico", e invece è frutto del disegno della più grande artista: la natura.

Yara ribatté: – So per esperienza che spesso la natura arriva a creare cose talmente belle che l'uomo non può nemmeno immaginare.

In quel momento, una farfalla si staccò dal chiostro.

Altre la imitarono subito dopo.

Fu uno spettacolo di indescrivibile bellezza per gli occhi delle principesse: grandi petali bianchi che volteggiavano danzando nella grotta, come fiocchi di neve del lontano Regno del Ghiaccio. Le ali producevano un fruscio soave e delicato, quasi un canto, una musica che riempì di pace i cuori di Diamante e di Yara.

Le farfalle si disposero poi su una delle pareti della grotta in modo da formare, con le loro ali vellutate, il disegno di un fiore.

– Guarda! Quello sembra proprio un fiore della verità! – esclamò affascinata Yara.

– E di che cosa si tratta?

– È un fiore molto speciale. Se lo tocchi dopo aver detto qualcosa, lui rivela se stai mentendo oppure no.

– Veramente? Mi sarebbe molto utile averne qualche esemplare qui con me... – disse, amaramente.

– Te li porterò, la prossima volta che verrò a trovarti.

– Certo, così potrò scoprire tutte le bugie che mi racconti! – scoppiò a ridere Diamante.

Yara ricordava bene quella risata cristallina e scrosciante come una cascata, che fin da quando era piccola riempiva le stanze e i corridoi e le aveva sempre messo allegria.

Le farfalle si mossero di nuovo e questa volta diedero vita a un albero. Poi disegnarono un animale che assomigliava a un felino.

– Diamante, è incredibile! Stanno disegnando cose che appartengono al mio mondo...

– È il loro modo per dirti che sono felici che tu sia qui.

– Che gentili! Credi che vivrebbero bene nella foresta?

– Forse qualcuna deciderà di seguirti. Chissà.

La danza delle farfalle continuò fino a quando le due sorelle, mano nella mano, si addormentarono.

31

Il ritorno di Helgi

La reggia di Terratonda era sprofondata in un assoluto silenzio.

Nelle cucine, lungo i tunnel, nelle sale, non si sentiva alcun rumore.

Tutti riposavano, sfiniti dalla stanchezza e dalla tensione della giornata. Persino Gunnar, dopo aver fissato per ore il soffitto di roccia, pensando alla sua Nives, aveva ceduto alla stanchezza.

Solo una persona non dormiva. Camminava con passo lento e affaticato verso la reggia, trascinando i piedi e zoppicando. Di tanto in tanto si appoggiava alle pareti del tunnel per riposare, poi riprendeva il cammino, fino alla sosta successiva.

Piano piano la figura riuscì a raggiungere una delle dodici porte e lì si lasciò cadere a terra, sfinito.

Non appena le due talpe di guardia ne avvertirono la presenza, una gli andò incontro con la lancia tra le zampe. Annusò l'aria e cercò di capire chi aveva di fronte. Parve riconoscerlo, tanto che si fece da parte ed emise un verso in direzione della sua compagna, che fece altrettanto.

Poi la prima talpa batté il manico della lancia a terra per tre volte e fece aprire il portone.

L'uomo guardò il tunnel che si apriva davanti a lui e si rialzò. Lo imboccò, camminò ancora a lungo e, solo quando giunse alla fine, cadde a terra, privo di sensi.

~*~

Zaffira fu la prima a svegliarsi.

Non sapeva di preciso che ore fossero, ma aveva molta sete, perciò si stava dirigendo verso le cucine.

Era ancora un po' assonnata quando, camminando lungo uno dei tunnel della reggia, inciampò in qualcosa. Cercò di capire su cosa avesse inciampato e, a tastoni, si accorse che era qualcosa di grande.

Era un uomo.

– Oh! – esclamò. – Ma questo è... Helgi!

Si avvicinò al giardiniere. Gli toccò la fronte e sentì che era molto calda.

Dimenticò la sete e corse subito a chiamare suo padre.

Zecchino seguì la figlia tutto trafelato. Poco dopo arrivò un fennec con una zucca colma d'acqua appesa al collo. Il precettore sembrava molto preoccupato.

– Vai a chiamare il principe Gunnar, le principesse e anche Ortensio, da solo non riesco a sollevarlo da terra.

Zaffira partì di corsa. Nel mentre, Zecchino rinfrescò il viso al giardiniere e gli diede da bere.

Helgi accettò, ancora stordito, e bevve. Bevve.

– Un altro calice! Presto!

Gunnar e Ortensio arrivarono subito. Fu più difficile trovare Diamante e Yara, nel chiostro delle farfalle.

– Helgi! Cosa vi è capitato? – chiese Diamante agitata.

Gunnar e Ortensio tentarono di sollevarlo, con delicatezza. Solo allora, a un tratto, Helgi aprì gli occhi.

– Helgi, come vi sentite? – chiese ancora Diamante, stavolta sperando in una risposta.

– Sono... stato... meglio... principessa!

– Vi aiuto ad alzarvi – disse Gunnar.

– Grazie, Gunnar, felice di rivedervi.

I suoi occhi si spostarono poi sul volto di Yara e si ravvivarono di colpo. – E tu sei Yara! La piccola Yara!

La Principessa delle Foreste gli sorrise.

Helgi dovette chiudere gli occhi, respirava a fatica.

– Andate a chiamare i fennec! Portatemi tutte le medicine del regno! Helgi è tornato! – ordinò Diamante. E aggiunse: – Portiamolo nella Stanza dei Pensieri, lì ci sono comodi divani su cui possiamo stenderlo –. 'Inoltre', pensò la principessa 'è il posto più adatto per scoprire come stanno le cose...'.

32
La Stanza dei Pensieri

Diamante e gli altri raggiunsero la Stanza dei Pensieri e sistemarono Helgi su un divano. La stanza era scavata nella roccia, come tutte le altre della reggia, con un soffitto a cupola, perfettamente sferico. A terra erano sistemati alcuni supporti in legno su cui giacevano canapé di stoffa marrone sormontati da cuscini gonfi come batuffoli di cotone.

Diamante attese che Zaffira le portasse delle boccette di sali e un panno, poi si occupò del giardiniere.

– Vi sentite ancora molto debole? – chiese lei cercando di essere il più delicata possibile.

– No, non più, principessa, vi ringrazio.

Diamante annuì con un sorriso dolce. E subito dopo accadde qualcosa di molto strano.

'Quanto vi amo, figlie mie'.

La Principessa del Buio trasalì.

La boccetta le scivolò dalle mani e si frantumò in mille pezzi.

Anche gli altri occupanti della stanza sollevarono gli sguardi, gli occhi spalancati di paura e di sorpresa. Chi aveva parlato?

Yara, più di tutti, era incredula e sgomenta. Aveva sentito delle parole, ne era sicura, eppure nessuno aveva parlato, di questo era altrettanto certa.

Diamante invece fissò Helgi un istante, quindi si concentrò nuovamente sulle cure.

– Ecco fatto... ora dovreste sentirvi meglio...

Poi, di nuovo, tutti sentirono, chiaramente: 'Bambine care, andrà tutto bene'.

Questa volta nessuno pensò si trattasse di un errore.

Yara fu la prima a parlare: – Avete sentito anche voi? Chi ha parlato?

A quel punto Diamante guardò Helgi dritto negli occhi. – Padre? – esclamò, con voce tremante. – Padre? Siete voi?

'Certo che sono io! Chi altri?' pensò Helgi, mentre

la stanza ripeté il pensiero, così che tutti, per la terza volta, sentirono nitidamente ciò che passava per la mente di Helgi, il giardiniere.

Diamante gli si gettò tra le braccia e lo strinse forte. Yara, invece, non capiva. – Che cosa sta succedendo? Ti prego, vi prego, spiegatemi!

Fu Zecchino a fare un passo avanti. – Ecco, vedete... Qui, nella Stanza dei Pensieri, i pensieri sono liberi di vagare da una mente all'altra. Per questo avete sentito quelle frasi. Come le abbiamo sentite noi...

Yara spalancò gli occhi. – Non posso crederci... Avete detto davvero "bambine mie"... Quindi voi siete… tu sei... nostro padre? – domandò, in preda a un'emozione così forte da provocarle una vertigine.

Cercò il conforto di Gunnar, degli altri, ma non potevano dire o fare niente, loro. – Ma non sembrate lui. Il vostro viso, il vostro corpo...

Helgi tentò di alzarsi in piedi, con un certo sforzo.

– Hai ragione, piccola mia. Quelle che vedi non sono le mie vere sembianze... ma... oh, come spiegarvi?

– Oh, padre! – crollò allora Yara, gettando le braccia al collo del re. Forse il viso era cambiato, forse il corpo, ma la voce, quella voce, era la stessa che sentiva ogni sera, nei suoi sogni e nei suoi ricordi.

Lui le accarezzò la testa con dolcezza. Provava sentimenti contrastanti. Si sentiva stanco e felice allo stesso tempo, soddisfatto e preoccupato per ciò che lo attendeva, e per come fosse stata scoperta, senza preavviso, la sua identità.

Il re sognava da tempo immemorabile di riabbracciare le sue figlie, di potersi mostrare a loro per chi era davvero, e ora che lo stava facendo, il pensiero di ciò che avrebbero dovuto affrontare non gli permetteva di godersi appieno quel momento. Non era così che l'aveva immaginato. Ma era ugualmente meraviglioso.

– Che cosa ti preoccupa tanto? – domandò allora Diamante.

– C'è una lunghissima storia che vorrei raccontarvi, se avrete la pazienza di ascoltare. E se potrò anche solo sperare nel vostro perdono!

A quelle parole, Gunnar, Zecchino, Zaffira e Ortensio fecero per uscire dalla stanza, non senza prima essersi profusi in una lunga riverenza davanti al Re Saggio.

– Aspettate! – disse lui. – Non ci sono segreti per voi. Se le mie figlie sono d'accordo, desidero che ascoltiate. Restate, ve ne prego.

– Dato che siete voi che lo chiedete, ogni vostro desiderio è un ordine per noi – affermò Zecchino, tornando dove si trovava. Così fecero anche Zaffira e Ortensio.

'Per mille carote giganti, sono al cospetto del vero re, se lo sapessero i miei genitori!' echeggiò ancora la Stanza dei Pensieri.

E così, con un ultimo sorriso per Ortensio, tutti si misero ad ascoltare.

33

Il calore dei ghiacci

Molto lontano da Terratonda, nella distesa di ghiaccio di Arcandida, la principessa Samah era tormentata da una profonda inquietudine.

Era passato ormai molto tempo da quando Gunnar prima e Yara poi si erano avventurati giù dal Fossato Fremente e, da allora, non era accaduto nulla. In compenso il ghiaccio in cui erano imprigionati Nives e la corte si ispessiva sempre di più. Ormai era di un blu preoccupante, per quanto era scuro.

La Principessa del Deserto non ce la faceva più a stare dentro quel gelido palazzo ad aspettare, perciò decise di uscire a prendere un po' d'aria.

– Ti prego, non allontanarti – l'aveva supplicata Kalea. – Il Fuoco Fatale potrebbe arrivare da un momento all'altro... Me lo sento!

– Con questo freddo non andrò lontano – disse Samah coprendosi il corpo con un pesante mantello.

Sua sorella era da sempre una ragazza molto sensibile, mentre lei era quella pratica e concreta. Sperava che il Fuoco arrivasse il prima possibile, ma la realtà era che non accadeva nulla.

Afflitta da questi pensieri si avviò verso il cancello e incontrò Purotu in groppa a un lupo.

– Dove sei stato?

– Ho cavalcato a lungo, nella pianura. Faceva molto freddo, ma è stato meraviglioso – raccontò il ragazzo con le gote arrossate dall'aria gelida.

– Ti converrà rientrare, prima di ammalarti.

– Qualche novità, Samah?

Lei scosse la testa, quindi si diresse verso il ponte levatoio, che si abbassò subito sul fossato. La principessa rabbrividì quando un colpo di vento gelido le si infilò sotto il mantello.

Quindi si affacciò al parapetto del ponte e prese a fissare il vuoto al di sotto, profondo e fagocitante.

Ricordò gli ultimi avvenimenti: l'arrivo di Gunnar e Kalea a Roccadocra, la fuga di Daishan, Rubin Blue... Le mancavano molto il Nonno, i suoi cuginetti e la sua cavalla Amira. Le mancava il suo regno, la sabbia rovente e il deserto che disorienta, e si augurava che presto tutti i sacrifici che lei e le sue sorelle stavano sopportando sarebbero stati ricompensati.

Con quella fiducia nel cuore, sentì un rumore in lontananza. Alzò la testa per ascoltare meglio e comprese che proveniva proprio dal fossato. Pareva lo stormire delle chiome degli alberi al vento. E si faceva sempre più forte. Samah rimase a guardare, incuriosita.

Ma non dovette aspettare molto prima di vedere qualcosa farsi largo nella fitta nebbia che invadeva il fossato: era una specie di luce, come un sole che si avvicinava velocemente e prendeva una forma sempre più definita.

– Il Fuoco Fatale! Potrebbe essere il Fuoco Fatale! – esclamò a voce alta, cercando di rimanere calma.

Attese ancora qualche istante, fino a che la luce non si fece così vicina da confermare le sue speranze.

Non poteva essere che il Fuoco Fatale, una palla di luce infuocata, che stava già cominciando a scaldare l'aria intorno a lei.

Si fece da parte, quando la palla raggiunse il ponte e poi prese a correre più veloce che poté verso la reggia. Doveva avvisare tutti!

Samah spalancò il portone di ingresso della reggia e irruppe nella sala dove si trovava il blocco di ghiaccio che serrava la corte.

Aveva l'impeto di una tempesta primaverile.

Purotu stava raccontando a Kalea della sua cavalcata.

– Ci siamo!

– Cosa succede? – chiese Kalea spaventata.

– È arrivato. Il Fuoco è qui! Sta risalendo il fossato!

Tutti scattarono sull'attenti.

– Cosa dobbiamo fare? Non mi ricordo più!

– Stai calma, prima di tutto. Nessuno di noi lo sa!

– Presto Purotu, vai a chiamare Haldorr!

– Subito, sorellina.

Il ragazzo partì di slancio e andò a cercare il bibliotecario.

Nel frattempo, il fuoco stava varcando la porta di ingresso di Arcandida. Le due principesse lo videro entrare nella sala con moto lento, rotolando sul ghiaccio come un essere vivente. Produceva una luce quasi abbagliante e un tepore molto forte, che però non scottava. Riscaldava l'aria e i cuori induriti dalla preoccupazione.

Samah e Kalea lo fissarono e si avvicinarono tra loro, felici. Di lì a poco arrivarono anche Purotu e Haldorr.

– Non posso credere ai miei occhi – disse l'anziano bibliotecario, fissando la palla di fuoco che stava immobile davanti a loro. – Ho letto molto sul calore del mondo, ma non avrei mai creduto di incontrarlo di persona, davanti a me.

– Cosa dobbiamo fare? – chiese Samah.

– Oh, noi proprio nulla. Sarà il Fuoco a trovare la strada per farsi largo nello strato di ghiaccio. È una lotta tra lo spirito del fuoco e quello del gelo, e chi dei due troverà il punto debole dell'altro, lentamente, lo sconfiggerà.

– C'è qualche rischio che non ci riesca?

– Sì, come in ogni cosa. Ma se è arrivato fin qui...

– Mi sento così emozionata! – disse Kalea. – Forza, Fuoco! Sciogli il ghiaccio!

– Non devi convincerlo tu. È l'equilibrio del mondo che gli dirà che cosa fare! – disse Haldorr aggiustandosi gli occhiali. – Almeno, così è scritto sui libri.

Proprio in quel momento, da una delle finestre della sala fece capolino una meravigliosa farfalla bianca.

34

Messaggi

La sfera infuocata, grande e luminosa, si sistemò proprio accanto al blocco di ghiaccio che imprigionava Nives.

Nel punto più vicino ed esposto al calore lo spesso strato bluastro stava cominciando a schiarirsi, in modo lento, ma costante. Gli occhi dei presenti si spostavano tra questa scena e la grande farfalla che si era posata sullo schienale di un divano.

– La farfalla ha qualcosa legato alla zampa! – esclamò Kalea.

Subito Samah corse a vedere: c'era un biglietto arrotolato e legato con un nastro sottile.

La Principessa del Deserto lo prese tra le mani, lo

portò dove tutti potessero vederlo e quindi lo lesse.

– È di Diamante. Dice di raggiungerli nel Regno del Buio, non appena il blocco di ghiaccio si sarà sciolto.

– Vuoi dire che dovremo lanciarci anche noi giù nel Fossato Fremente? – domandò Kalea, lo sguardo percorso da un lampo di paura.

– Sì! Finalmente! – commentò Purotu che non vedeva l'ora di intraprendere un nuovo passo, nella speranza di tornare presto a casa.

– Non c'è altro modo... – concluse Samah, sorridendo per la reazione del ragazzo.

In quel tipo di impeto rivedeva sua sorella Yara e se stessa, qualche anno prima.

– Scriviamole che, se il Fuoco scioglierà il ghiaccio... lo faremo! – propose Haldorr.

Uscì velocemente dalla stanza e vi rientrò poco dopo, con carta e penna, che consegnò alla Principessa del Deserto.

Carissima Diamante, il Fuoco è arrivato e tutti noi speriamo di poter presto riabbracciare Nives e la corte. Ci metteremo in viaggio appena sarà possibile. Ci auguriamo con tutto il cuore che tu stia bene.

Samah e Kalea

Kalea prese il nastro e lo fissò con delicatezza alla zampa sottile della farfalla, che rimase immobile finché la Principessa dei Coralli non ebbe terminato.

– Vai pure – le disse Kalea.

La farfalla si alzò in volo, con la grazia di una danzatrice, prese a volteggiare per la sala e infine uscì.

~*~

Passarono alcune decine di minuti. La stanza era avvolta da una luce calda e ambrata, che confortava i cuori e gli spiriti di chi assisteva al lento lavoro della sfera infuocata.

Il Fuoco cominciò a spostarsi: girava intorno al blocco di ghiaccio, come per distribuirsi più uniformemente sulla sua superficie.

Piano piano il ghiaccio si stava schiarendo, passando dai toni del blu scuro, al blu chiaro e all'azzurro, come se qualcosa ne stesse risucchiando via il colore.

– Guardate, c'è dell'acqua sul pavimento! – esclamò Samah.

Era proprio così: rivoli d'acqua stavano scendendo dal blocco di ghiaccio e andavano a formare piccole pozze che si allargavano a vista d'occhio.

– Si sta davvero sciogliendo! – esultò Kalea.

– Pare di sì... – constatò Haldorr con tono incerto.

– Sembrate perplesso – osservò Purotu.

– Fino a che anche l'ultima parte del blocco non si sarà sciolta, non sarò tranquillo.

– Andrà tutto bene, ne sono certa! – ribatté Kalea con il suo innato ottimismo.

Samah invece guardava il ghiaccio con sguardo serio. Anche lei, come il bibliotecario, aspettava di vedere Nives e di sentirla parlare, prima di esultare.

L'acqua stava allagando ormai l'intero pavimento, bagnando i piedi di tutti. Ma a nessuno importava. Quell'acqua era la benvenuta perché era il segno dell'ormai prossima liberazione dei prigionieri del ghiaccio.

35
La storia del Re Saggio

Il Re Saggio era seduto su uno dei comodi divani della Stanza dei Pensieri. Tutti intorno a lui attendevano che cominciasse a parlare. Soprattutto Yara e Diamante, che avevano accettato il loro ruolo di principesse e sopportato il loro destino di sorelle divise, pensando che fosse ineluttabile.

– Parte della storia vi è nota, figlie mie. Ma è opportuno ripeterla perché sia chiara a tutti. Anni addietro, quando voi eravate ancora bambine, ho sconfitto il Vecchio Re e ho diviso il regno in cinque parti, affidandone la reggenza a ognuna di voi. Ho usato la magia per far addormentare la corte del Re Malvagio e per farla vagare in mezzo al mare, su un'isola avvolta nella nebbia, in modo che nessuno potesse né trovarla, né risvegliarla. Purtroppo, non tutti erano presenti il giorno in cui cantai la Canzone del Sonno: non fui capace di trovare il figlio del re, il Principe che voi chiamate senza Nome. Credevo fosse morto durante i combattimenti, e, invece, si era semplicemente nascosto. Il principe nel corso degli anni è diventato un uomo e ha covato vendetta. Aveva un solo modo per soddisfare il suo malvagio desiderio di rivalsa: governare di nuovo i Cinque Regni, ma, prima, risvegliare suo padre e la corte dal sonno in cui io li avevo precipitati. Come? Recuperando le parole della Canzone del Sonno e cantandola di nuovo. Trasformando così il sonno in veglia. Per farlo, aveva bisogno di ritrovare i cinque frammenti della canzone, le strofe... che io avevo affidato a ciascuna di voi. Vi ho divise, pensando così che nessuno potesse attaccare tutte e voi cinque, ma mi sono sbagliato. E ho sottovalutato la sua crudeltà e il potere della sua magia. E ora che ha le strofe... temo che da un momento all'altro possa risvegliare la corte malvagia e...

Le parole del re rimasero sospese nell'aria.

– Padre, ha anche la mia – confessò Yara afflitta.

– Lo so.

– E quella di Samah.

– Che, aggiunte a quella di Kalea, di Diamante e di Nives fanno cinque. Le ha tutte nelle sue mani, ormai!

– Cosa faremo, ora? – domandò Yara.

– Dobbiamo fermarlo proprio dove lui crede che non andremo mai: la Rocca del Sonno.

– Per questo sei sceso nel mio regno, non è vero? – chiese allora Diamante.

– Sì, piccola mia. Come sai, il passaggio per recarsi alla Rocca del Sonno è proprio qui, nel Regno del Buio.

– Davvero? – domandò sorpresa Yara.

Il re annuì. – Solo Diamante lo sapeva. Ognuna di voi conosceva una parte della storia e dei segreti del Grande Regno. Meno cose aveste saputo, più sareste state al sicuro. O almeno così credevo.

– Ma perché hai preso le sembianze di un giardiniere? – chiese allora Diamante.

– Sono consapevole che possa apparirvi molto strano trovarvi di fronte il giardiniere Helgi e credere che dietro questo aspetto ci sia io, il re vostro padre. Per lungo tempo è parso molto strano anche a me osservare Nives, che viveva accanto a me, e non poterla abbracciare come una figlia, dover sempre restare in disparte. Ma ho sempre vegliato su di lei e su tutte voi, anche da lontano.

– Lei è sempre stata la tua preferita – disse Diamante.

– Non è vero! Non devi neanche pensarlo! – Sono stato costretto a usare la magia anche su di me, a trasformarmi nella persona che vedete oggi, non appena scoprii che il figlio del vecchio re era nascosto da qualche parte. Sapevo che si sarebbe voluto vendicare. E immaginavo che avrebbe provato a minacciare una di voi. Non credevo certo che vi avrebbe raggiunte tutte, come invece ha fatto. Comunque... quello che è fatto è fatto. Ho scelto di prendere le sembianze di Helgi perché il suo carattere schivo e solitario mi avrebbe dato una buona giustificazione per rimanere solo; inoltre nella caverna del Grande Albero c'è un accesso segreto a tutti i Cinque Regni, così avrei potuto spostarmi più facilmente da un regno all'altro, controllare come stavate e quali progressi stavate facendo. È un passaggio lungo e tortuoso, per questo sono arrivato qui dopo Gunnar e Yara, pur avendo lasciato il Regno dei Ghiacci Eterni molto prima di loro.

– Ma se tu non sei Helgi... allora Helgi dov'è? – domandò Yara.

– Questa è una lunga storia, piccola, e non c'è tempo per raccontarla ora. Ma lo farò un giorno, ve lo prometto.

– C'è un'altra cosa che non capisco – disse Diamante. – Dove sei stato, dopo che sei scomparso?

– Quando ho capito di essere arrivato tardi, e che ormai anche la quinta strofa era stata rubata, ho deciso di andare alla Rocca del Sonno da solo, per non coinvolgervi, ma non ce l'ho fatta. Avevo protetto il passaggio per la Rocca con enigmi, trabocchetti e difficoltà, ma il principe mi ha anticipato: ponendo altre trappole, che io ignoravo. L'ha fatto per proteggersi, e impedirci di raggiungere la Rocca. E, per ora, ce l'ha fatta. Ho capito che avrei avuto bisogno del vostro aiuto, così sono tornato indietro. Non avremo mai la meglio sul principe, se non aiutandoci tutti.

In quel momento il re si interruppe. Una farfalla

bianca stava facendo il suo ingresso nella Stanza dei Pensieri.

– È tornata, la mia amica fedele è qui! – disse Diamante, mentre la farfalla le si posava delicatamente sul palmo della mano. – Notizie da Arcandida!

– Samah e Kalea! – esclamò Yara.

La Principessa del Buio si avvicinò alla farfalla e slegò la pergamena.

Lesse, poi chiuse il messaggio tre le mani.

– Ce l'abbiamo fatta! Il Fuoco Fatale è salito ad Arcandida!

Ci fu un applauso e tutti si abbracciarono, felici.

Alla fine, il re si alzò in piedi. – Figlie mie, siete state molto coraggiose fino a ora, ma da adesso vi si richiedono una forza e una determinazione ancora maggiori. Ciò che ci aspetta è difficile e pericoloso da affrontare.

Occorre che voi ne siate consapevoli. La partita con il principe non è ancora del tutto persa.

– Tra poco arriveranno anche le nostre sorelle! – esclamò Yara.

– Finalmente insieme, dopo tanto tempo.

– Ma non saremo davvero tutti insieme, come una volta. Nostra madre... – disse Diamante, lasciando sfumare le parole.

– Sì, senza di lei non sarà la stessa cosa – osservò Yara. – Ma sarà in ogni caso meglio di adesso!

– Dunque mi perdonate, per avervi fatto tutto questo? – domandò il Re Saggio, al termine della discussione.

Non c'era bisogno delle arti della Stanza dei Pensieri, per sentire la risposta.

36

Liberi!

Mentre nel Regno del Buio Yara e Diamante si rallegravano dell'ormai prossima riunione di famiglia, nel Regno dei Ghiacci la sfera infuocata continuava a fare il suo lento e costante lavoro. Il blocco massiccio in cui il Principe senza Nome aveva imprigionato Nives era ormai sciolto quasi del tutto. Le sue pareti, sempre più sottili, erano in gran parte dissolte nei rivoli d'acqua che avevano invaso il pavimento.

– Manca poco, ormai – osservò Samah, gli occhi puntati sul ghiaccio rimanente e sui visi ancora immobili.

– Ce la faremo! Ce la faremo! – esclamò Kalea, gli

occhi lucidi e ansiosi di accarezzare di nuovo il viso della sorella.

Anche Haldorr, sebbene in modo più controllato, manifestava la sua felicità con un viso sorridente.

Purotu osservava affascinato la sfera, un oggetto misterioso, il tesoro della più esaltante delle avventure. Non aveva mai conosciuto né Nives né la sua corte, ma era ansioso di farlo, contento che la nuova parte della sua famiglia sarebbe presto stata libera di parlare, di rispondere alle sue domande. Pensava a Naehu, suo fratello, rimasto nel Regno dei Coralli. Quante cose gli avrebbe raccontato al suo ritorno! Era certo che ne sarebbe nata qualche meravigliosa poesia, magari scritta sulla sabbia fine della Grande Spiaggia.

– Purotu, a cosa stai pensando? – gli chiese Kalea, vedendolo assorto.

– A tante cose insieme, è difficile spiegare. Ma non vedo l'ora che il ghiaccio sia sciolto.

Kalea lo abbracciò in un impeto d'affetto.

Anche lei si sentiva così.

Accadde qualcosa, che agli occhi dei presenti aveva un che di miracoloso: una mano, ormai libera dal ghiaccio, mosse un dito.

– Avete visto anche voi? – chiese subito Kalea.

– Sì, si è mossa! – ribatté Samah.

– È la mano di Arla, una delle nostre due cuoche! – precisò Haldorr.

– Questo significa che è viva, che presto potremo parlarle! Che anche gli altri...

– Non correre troppo, Kalea. Aspettiamo ancora. Solo quando il ghiaccio sarà completamente sciolto, potremo rallegrarci – la redarguì Samah, come sempre dotata di forte senso pratico.

Kalea non obiettò e riprese a fissare la mano della cuoca, spostando lo sguardo di tanto in tanto anche sul resto del gruppo.

Il movimento successivo però non si fece attendere molto.

– Ecco, avete visto? Anche l'altra donna ha mosso una mano! Come si chiama, Haldorr? Non ricordo più...

– Erla, principessa Kalea.

– Guardate! Anche la principessa Nives si è mossa – aggiunse Purotu.

Era vero. La testa di capelli biondi e finissimi di Nives si era inclinata impercettibilmente verso destra. Ma i suoi occhi erano ancora immobili.

– Immagino che occorra un po' di tempo perché i

loro corpi si "risveglino" dal torpore in cui li ha avvolti il freddo della loro prigione – osservò il bibliotecario.

In effetti la corte cominciava a dare segni di vita, dapprima deboli, poi sempre più concreti e significativi. Fino a che il maggiordomo Olafur spalancò gli occhi con forte energia, come se le palpebre fossero state incollate l'una all'altra.

– Olafur – lo chiamò subito Haldorr, avvicinandosi a lui lentamente.

L'uomo lo guardò e con la sua calma proverbiale disse: – Buongiorno, Haldorr. Temo di aver dormito oltre il dovuto, quest'oggi.

Scoppiarono tutti a ridere, felici che il maggiordomo stesse bene. Anche la tensione si stava sciogliendo insieme al ghiaccio.

Piano piano anche gli altri membri della corte cominciarono a destarsi dal loro forzato letargo. Tutti tranne la principessa, che continuava a tenere gli occhi chiusi e a fare piccoli movimenti della testa.

Quando il ghiaccio si fu sciolto, la palla di calore si fermò. Tutti la fissarono, curiosi di vedere cosa sarebbe successo. Se ne stava ferma in mezzo alla sala, le fiamme che la avvolgevano più contenute, il suo calore meno potente.

– Cosa stai facendo Arla? Non vedi che mi stai pestando un piede? – disse Erla.

– No, cara mia. Semmai è il tuo piede che si è infilato sotto il mio! – ribatté Arla.

– Oh, questa è bella. Se mangiassi un po' meno, forse...

– Insomma, signore! – intervenne Haldorr. – Vi siete appena risvegliate e già discutete?

Le due donne si scambiarono uno sguardo interrogativo.

– Ecco, te l'avevo detto che non dovevamo mangiare

la zuppa di ortiche blu! Te l'avevo detto. Sono soporifere – affermò subito Arla.

– Ma se è stata un'idea tua!

– Questo non è affatto vero...

Le due sorelle si scambiarono ancora qualche battuta prima di accorgersi che c'erano degli ospiti nella stanza.

Quando videro le due principesse e Purotu sgranarono gli occhi e si zittirono di colpo.

Nel frattempo anche il resto della corte si riprese: zia Berglind, le cuginette Tallia e Thina, Olafur e i pinguini.

Si guardavano intorno spaesati e un po' intontiti.

– Cosa è successo? – chiese subito zia Berglind, con tono ansioso. – Bambine, state bene? – chiese poi rivolta alle nipoti.

– Sì, zia. Stiamo bene – rispose Tallia.

Poi la bambina si voltò verso la sorella minore.

Thina spalancò la bocca ed emise un urlo fortissimo che fece rabbrividire tutti, in particolare modo chi, come Kalea, Samah e Purotu non era abituato a questo suo "vezzo".

Fu però grazie a quell'urlo che finalmente Nives aprì gli occhi.

– Principessa! – disse Haldorr.

Lei strinse gli occhi, per abituarsi di nuovo alla luce e poi li posò sulle persone che aveva di fronte.

Dovette mettere a fuoco le immagini più volte prima di riuscire a vedere qualcosa.

– Haldorr, siete voi? E Gunnar? Non lo vedo.

– È una lunga storia, principessa, ma sta bene – le disse, per tranquillizzarla. Non poteva sapere con sicurezza che il Principe dei Ghiacci fosse sano e salvo, ma in cuor suo era convinto che fosse così.

Nives ci mise alcuni istanti per convincersi che le due ragazze di fronte a lei fossero proprio le sue sorelle. Si era separata da loro che erano bambine. E ora...

– Nives! – urlò felice Kalea correndo ad abbracciarla.

Anche Samah andò verso di lei, silenziosa. Aspettava questo momento da tanto tempo, e ora aveva quasi timore di consumarlo troppo velocemente.

– Non posso credere ai miei occhi – disse la Principessa dei Ghiacci. – Le mie adorate sorelle!

– Nives! – ribatté Kalea, piangendo di gioia.

Kalea la strinse forte a sé, con tutto il bene che aveva preservato per lei nel suo cuore negli anni di lontananza.

– Oh, Samah... Che bello rivedervi – disse Nives.

– Ma... Se siete qui, significa che è accaduto qualcosa... –. Poi lanciò una rapida occhiata circolare alla sala. La sua corte era lì, vicino a lei. L'acqua che copriva il pavimento.

Ora cominciava a ricordare.

Si staccò da Samah e portò le mani al volto. – Oh no. Il Principe senza Nome... La strofa... Gunnar... Dov'è Gunnar? Era venuto nel Regno dei Coralli per avvisare

te, Kalea, del pericolo del principe. L'hai incontrato? – chiese preoccupata.

– Calmati ora, Nives – cercò di tranquillizzarla Samah. – Gunnar sta bene, te lo garantisco. Poi ti dirò di lui, ma ora devi raccontarci ogni cosa, lentamente.

– Davvero sta bene?

– Sì, stai tranquilla.

– Non so cosa farei se dovesse capitargli qualcosa...

– Che cosa ti è successo, Nives?

Nives raccolse i pensieri per alcuni secondi, poi iniziò la sua storia.

37

Il racconto di Nives

Era quasi l'ora di coricarsi – cominciò Nives. – Lo ricordo bene, perché mi sentivo stranamente stanca quel giorno e non vedevo l'ora di andare a dormire. Mi trovavo in questa sala e avevo appena terminato di leggere un libro, quando sentii dei passi nel corridoio. Uscii dalla sala per recarmi nella mia stanza e notai una figura scura. Avanzai, convinta che si trattasse di Olafur o di Haldorr, ma mi sbagliavo. Era un uomo, che non avevo mai visto. O almeno così credevo, perché poi riconobbi i suoi occhi, malvagi e crudeli. Erano quelli del principe Herbert di Lom, o per lo meno di quello che si spacciò per lui qui ad Arcandida!

– Come sarebbe? Spiegaci meglio – disse Samah.

– Dunque, tutto cominciò con la festa che zia Berglind decise di organizzare per trovarmi marito...

– Lo feci con le migliori intenzioni, cara. Chi avrebbe mai potuto immaginare... – si sentì dire dal divano.

– Lo so, zia. Lo so. Dicevo che in occasione di quella festa furono spediti inviti a dodici principi, ma se ne presentò solo uno, il principe Herbert di Lom. Notai da subito qualcosa che non mi convinceva in lui. Era un tipo misterioso: gelido di fondo, a tratti fin troppo mellifluo. E aveva uno sguardo feroce. Infatti si rivelò un uomo malvagio, e cercò di uccidere il mio Gunnar.

– E cos'hai fatto quando lo hai sorpreso di nuovo ad Arcandida? – chiese Kalea, spaventata.

– Ho gridato per chiamare aiuto.

– E lui? – domandò Samah.

– Lui mi ha costretto a tornare nella sala. E mi ha lasciato gridare. Non desiderava altro che io radunassi tutti qui, per portare a termine il suo piano. Capite? Sono stata io ad attirare gli altri nella sua trappola! – continuò, ripercorrendo quei terribili momenti.

– Non dite questo, principessa – disse Olafur.

– Sì, Nives, hai fatto il possibile – aggiunse zia Berglind.

Samah incalzò sua sorella: – Cosa successe dopo?

– Quando fummo tutti riuniti... Be' a dire il vero non proprio tutti. Oltre a Gunnar, anche Helgi sembrava scomparso nel nulla, da giorni. In cuor mio mi rallegrai che anche lui non si trovasse a corte in quel momento. Ma, allo stesso tempo, ero preoccupata.

– Non dovete: sono certo che Helgi sta bene – affermò Haldorr con una strana luce negli occhi.

– Comunque, ci trovavamo proprio qui, in questa sala. Il principe ci fissava con il suo sguardo rapace. Fu allora che mi rivelò la sua vera identità. Disse di essere il Principe senza Nome, il figlio del Vecchio Re, nemico acerrimo di

nostro padre e di essere venuto per un solo scopo: entrare in possesso della mia strofa. Mi intimò di andarla a prendere. Mi assicurò che, se gliel'avessi consegnata, non avrebbe fatto alcun male né a me né alla mia corte. Decisi di obbedire. Non avevo altra scelta, né mezzi per contrastarlo. Eravamo soli, i lupi erano fuori. Non c'era nessuno a proteggerci. Così andai a prendere la strofa e gliela diedi. Quando prese in mano il cilindro di pelle, mi lanciò un'occhiata trionfante e mi disse che ero stata brava e ora mi avrebbe dato la ricompensa che meritavo. Io mi sentii mancare. Sapevo che sarebbe successo qualcosa di terribile. E infatti...

– Cosa fece? – chiese Kalea ansiosa.

– Estrasse dalla tasca della giacca un pezzo di ghiaccio, che sembrava una piccola stalattite. Era strano, tutto blu. Quindi lo scagliò tra di noi, verso terra. Quello andò a ficcarsi nel pavimento e cominciò a sprigionare una sorta di pulviscolo che assomigliava molto a fiocchi di neve, ma era infinitamente più sottile. Presto ne fummo avvolti completamente. Ci roteò intorno e, senza che ce ne accorgessimo, ci costruì intorno una barriera di ghiaccio, sempre più spesso. Da quel momento non ricordo più nulla.

– Oh, povera Nives – disse Samah. – Hai sofferto? Sentivi freddo?

– No, non ho sentito nulla. È come se avessi dormito, per tanto tempo... Ma voi come avete fatto a sciogliere il ghiaccio? Lui ha usato un incantesimo contro di noi!

– Sono vietatissimi gli incantesimi! Come si è permesso? – esclamò la contessa Berglind dal divano, su cui si era sdraiata per riprendersi da tutte quelle forti emozioni. Le parole della zia fecero sorridere tutti, anche in un momento così difficile.

– Anche questa è una lunga storia – rispose Samah. – Diciamo solo che è merito di quella sfera – aggiunse indicando il fuoco che era rimasto fino a quel momento sospeso al soffitto, come una grande luce.

– Principessa Nives, avvicinatevi alla sfera, vi prego – disse a quel punto Haldorr con il tono deciso di chi sa cosa si deve fare.

Non appena Nives lo fece, subito la palla infuocata si abbassò, e smise di crepitare. Si rimpicciolì di colpo, fino a diventare poco più grande di una ciliegia e si accostò al suo abito, dove si pose, proprio al centro del fermaglio, come una pietra preziosa.

– Ma, cosa è successo? – chiese la principessa.

– Il calore si è unito al freddo, il Regno del Buio

a quello dei Ghiacci. E così sarà d'ora in poi. I regni si stanno riavvicinando – spiegò il bibliotecario.

– Anche questo era scritto sul libro? – chiese Samah.

Haldorr annuì.

– Quale libro? – chiese Nives.

Haldorr non sapeva cosa rispondere, ma fu Samah a parlare per lui. – Ora te la senti di ascoltare tu una storia? La storia di come siamo arrivate tutte fin qui?

– Sì, certo... ve ne prego...

Nives si mise a sedere su una poltrona accanto al camino.

Haldorr provvide subito a ravvivare il fuoco.

– Mamma mia! – gridò invece Arla. – Da dove viene tutta quest'acqua?

– Hai lasciato aperti i rubinetti della cucina, Erla! Te lo dico sempre!

– No, sei stata tu!

– Ma figuriamoci!

38

Una nuova partenza

Nives ascoltò pazientemente tutta la storia.

– ... E pensa che grazie a questo libro siamo riusciti a capire come liberarvi. Un libro scritto da nostro padre per aiutarci, in caso di bisogno.

– Già, – commentò Nives – lui sì che conosceva bene i nostri regni! Se solo non ci avesse abbandonato...

– Io credo che vegli sempre su di noi, in qualunque posto si trovi – ribatté Haldorr.

Le tre sorelle annuirono.

– E Yara? Dov'è, adesso?

– È partita per Terratonda. È diventata una ragazza molto coraggiosa e determinata. Credo che sia anche merito suo, se il Fuoco Fatale è venuto a liberarti.

– Dici davvero?
– Sì, davvero. Anche se ha ancora il suo bel caratterino, questo è ovvio....
Le due sorelle si misero a ridere, e Kalea le imitò.
– C'è qualcuno che vorrei presentarti, a questo proposito – disse la Principessa dei Coralli.
Nives pareva molto curiosa e i suoi occhi puntarono subito Purotu, l'unico volto che non conosceva.
– Lui è Purotu, il mio fratellino.
– Fratellino?
– È così. Lui e Naehu, suo fratello gemello, approdarono naufraghi sulle spiagge del mio regno. Io li accolsi a Fiordoblio e, da allora, siamo inseparabili!
– È un vero piacere, principessa Nives – disse il ragazzo con sguardo fiero.
– Anche per me, Purotu. Benvenuto in famiglia – rispose con grande dolcezza.
– Diamante e Yara ci stanno aspettando. Dobbiamo raggiungerle appena ti sentirai di partire – intervenne Samah.
Il tempo per i racconti sembrava essere già finito.
– Dobbiamo scendere nel Regno del Buio?
Le principesse annuirono.
– Allora mettiamoci in cammino, o meglio, saltiamo

nel Fossato Fremente. Se ci vogliono là con loro, sarà per un buon motivo. Non perdiamo altro tempo!

– Pensi di farcela? Sei molto provata – disse Kalea.

– Certamente, non preoccuparti. Loro resteranno qui? – chiese, indicando tutti gli altri.

– Sì.

Purotu guardò Kalea con occhi supplici. – Io…

– No, fratellino, ora starai qui ad Arcandida. A difenderla, se necessario.

– Sempre la solita storia – brontolò lui. – Io voglio venire con voi, a combattere contro il Principe senza Nome! E voi mi lasciate qui a difendere il nulla!

A quelle parole, Nives gli si avvicinò. – Sembri un ragazzo coraggioso, mi pare di capire. Se noi ti chiediamo di restare è perché qui potresti essere più utile. Guardati intorno, ci sono solo anziani e bambini. Tu sei forte e saprai come proteggerli.

– E poi... – gli ricordò Samah, – ci sono i lupi, a cui badare. Non possono stare senza il loro capitano.

Purotu parve convincersi. – Va bene, Nives. Ma la prossima volta...

– Speriamo che non ci sia una prossima volta – aggiunse Samah.

Era stata una giornata lunga e faticosa; la corte dei

ghiacci era molto felice ma stremata. Quindi, guidati dalla speranza di rimettere presto le cose a posto, i viaggiatori in partenza si congedarono abbastanza rapidamente e promisero di tornare presto e di dare loro notizie. Nives raccomandò alle due cuginette di comportarsi bene e di non fare disperare zia Berglind. Abbracciò l'anziana contessa, Haldorr e le due cuoche, che non mancarono di litigare per chi doveva salutarla per prima.

Quindi le tre principesse uscirono dalla sala, dirette al fossato.

Faceva freddo fuori, ma non importava: il desiderio di rivedere le sorelle e di salvare i propri regni era così forte da superare qualunque avversità.

– Siete pronte? – chiese Nives quando furono vicine al parapetto del ponte levatoio.

– Pronte!

Samah e Kalea, ai due lati di Nives, le presero le mani e insieme salirono sul corrimano del ponte.

Quindi si guardarono e dissero all'unisono: – Tre, due, uno, viaaa...

Poi saltarono, contemporaneamente, senza lasciare andare la mano della sorella.

Non si erano mai sentite così forti e così vicine.

39
Il viaggiatore del deserto

Samah, Kalea e Nives, in viaggio nel Fossato Fremente, non sospettavano neanche lontanamente che ad accoglierle ci sarebbe stato anche il loro adorato padre. D'altro canto Diamante e Yara non vedevano l'ora di riabbracciare le tre sorelle.

– Ci metteranno ancora molto? – chiese Yara, impaziente.

– Bambina mia, arriveranno, non temere – le rispose il padre.

– È come diceva l'indovinello – ricordò Yara. – Più desideri qualcosa, più è lungo il tempo che ti sembra di dover aspettare per ottenerla.

Attesero, parlando di ogni cosa, poi, inevitabilmente, il discorso cadde su ciò che ancora avrebbero dovuto fare.

– Padre, quando finalmente saremo tutti insieme e andremo alla Rocca del Sonno, risolveremo ogni cosa, non è così? Lì troveremo il Principe Malvagio e lo faremo addormentare con la sua corte?

– Se ci riusciremo. Lui potrebbe cantare la Canzone del Sonno prima di noi.

– E quindi risvegliare la corte...

– Sì, Yara. Ma c'è anche un'altra cosa che non sapete: se il principe canterà la canzone, la corte si sveglierà, ma la rocca sarà inghiottita dal mare....

– Questo significa che il palazzo verrà distrutto?

– Esatto, Diamante.

– E allora perché non gli lasciamo semplicemente cantare la canzone e far sprofondare la corte?

– Purtroppo c'è un altro fatto, un particolare molto serio...

– Non tenerci sulle spine, padre, ti prego! – lo esortò Diamante.

Ma, proprio in quel momento, qualcosa distolse l'attenzione del re: in fondo alla sala del trono era apparso un uomo.

Anche le principesse si voltarono per guardare.

– Rubin Blue?! Cosa ci fate qui? – disse Diamante alzandosi di scatto.

L'uomo avanzò di qualche passo.

– Rubin Blue?! – esclamò Yara, gli occhi grandi di sorpresa.

– Andate via! Subito! – urlò Diamante.

Rubin abbassò il capo. – Principessa Diamante, vi

chiedo solo di ascoltare quello che ho da dirvi e poi, se lo vorrete, scomparirò per sempre dalla vostra vita.

– Andatevene subito!

– Vi prego, solo un minuto.

A quel punto intervenne il re, che con tono più calmo consigliò a sua figlia: – Diamante, prima di cacciare quest'uomo è giusto sentire quello che ha da dirci.

La Principessa del Buio abbassò lo sguardo, fece un respiro profondo e poi, guardando dritto negli occhi Rubin Blue, disse: – E va bene, ma fate alla svelta.

– Principessa Diamante – iniziò a parlare lui, inginocchiandosi – sono qui per due motivi: il primo è chiedervi perdono.

– Non lo avrete mai. Avete tradito e ingannato questa corte e me. Vi siete comportato come un vigliacco. Non lo posso dimenticare – rispose lei, con la voce alterata dal dispiacere.

– Lo so e vi prego di credere che non lo rifarei mai più. Ma voglio che sappiate che tutto il male che ho fatto a voi e alle vostre sorelle non dipendeva dalla mia volontà: il Principe senza Nome mi ha somministrato una pozione che mi ha sottomesso al suo volere. Poi mi ha inviato un insetto, un coleottero, che entrava nei miei sogni ogni notte piegandomi completamente alla sua volontà. Capisco che tutto ciò può sembrare assurdo, ma vi scongiuro di credere che è la verità; io ero solo una pedina impotente nelle mani di quell'essere malvagio. Sono qui a chiedere il vostro perdono, principessa, prima di andare da vostra sorella Samah a domandare il suo.

Quanta dignità c'era in quegli occhi! E quanto erano profondi! E il tono della sua voce... Quanto poteva essere splendido, quell'uomo. Quanto gli voleva bene!

Il re aveva ascoltato con molta attenzione il discorso del giovane e man mano che raccontava, nella sua mente si faceva strada la convinzione che Rubin Blue non stesse mentendo.

– Ve lo concedo, ma a una condizione – decise alla fine Diamante, agendo d'impulso.

– Quale? – chiese Rubin, speranzoso.

– Dovete andarvene e non fare mai più ritorno a questa corte.

– Ma io... Non posso.

– E perché mai?

– Per il secondo motivo per cui sono tornato.

– Credo che il mio perdono sia più di quanto possiate sperare.

– Il secondo motivo è che vorrei chiedere la vostra mano, perché vi amo, principessa Diamante... infinitamente.

Diamante non credeva alle proprie orecchie.

– No, la risposta è no – ribatté lei secca.

– Non mi amate, dunque?

Qualcosa accadde nel cuore della principessa: come un argine che si rompe e lascia fluire il sentimento che aveva contenuto, libero, finalmente. Diamante si commosse, senza nemmeno accorgersene. Il suo amore era chiaro, limpido, deciso: la spingeva verso quell'uomo, ma la sua ragione le intimava di starne lontana.

– No.

– No... non mi amate? – domandò Rubin, con voce leggera.

– No... che non vi amo. Io… – disse, tutto d'un fiato. – Vi ho sempre amato!

– Quindi... accettate di diventare la mia sposa?

Diamante esitò un istante. Lui le prese una mano tra le sue.

Era calda e rassicurante, come i suoi occhi azzurri.

In quel preciso momento Zecchino entrò nella sala del trono, tutto trafelato.

– Principesse, vostra altezza, venite, presto! Sono arrivate! – disse a gran voce.

Diamante lasciò la presa di Rubin Blue e corse fuori.

La Principessa del Buio teneva una risposta imprigionata tra le labbra e Rubin Blue custodiva una speranza nel cuore.

Lo so, lo so. Vorreste sapere se Diamante acconsentirà a sposare Rubin oppure no. Ma non posso dirvi tutto ora, dovete avere pazienza.

Vi anticipo solo che il loro amore è sincero e profondo e come tutti gli amori veri... Come dite? Volete sapere chi è arrivato? Naturalmente le principesse Kalea, Samah e Nives! Sono riuscite a trovare la strada per Terratonda e ora sono alla reggia, ansiose di riabbracciare le sorelle.

Quanto agli altri personaggi della storia... Che dire? Il Re Saggio, come avrete capito, custodisce un grande segreto che ancora non può rivelare. E il mistero intorno al vero Helgi si infittisce. Adesso che l'avventura sta per concludersi però posso rivelarvi che... troverete qualche indizio, nascosto qua e là. Soprattutto nel Palazzo Addormentato...

Dovrete essere molto coraggiose ora, amiche mie, perché stiamo per imboccare il passaggio segreto che dal Regno del Buio conduce alla Rocca del Sonno: è pieno di trappole e trabocchetti, costruiti dal Principe senza Nome per tenere lontani gli intrusi.

Non dimenticate che ha catturato il saggio guaritore del Regno dei Coralli, che conosce ogni sorta di incantesimo e ogni pozione magica. Quindi state allerta e non toccate nulla lungo il cammino, mi raccomando!

C'è solo una cosa che vi voglio ancora raccontare. Quando arriveremo alla fine del passaggio, incontreremo una scala molto lunga e ripida. Non guardate mai giù, altrimenti... Be', voi non fatelo e basta!

Una volta giunti alla Rocca, ci aspetteranno delle belle avventure, ve lo garantisco!

Prima di allora, però, è meglio assicurarci di avere tutto l'occorrente per il viaggio: una fiaccola, una corda, un paio di guanti...

Come? A cosa ci serviranno? Non preoccupatevi di questo, vi do la mia parola che sarete felici di averli portati. Ah, non dimenticate l'attrezzatura per farvi un lungo bagno in mare. Servirà!
Parola di Tea!

E ora basta con le chiacchiere. Presto conoscerete il finale di questa storia e ogni segreto vi sarà svelato. Sono già così emozionata!

Aspettatemi! Tra poco sarò di nuovo con voi!

Tea Stilton

Indice

Parte Seconda

Cinque sorelle, divise da bambine, governano sui Cinque Regni con lealtà e coraggio. Grazie alla forza dei loro cuori riusciranno a sconfiggere il nemico insidioso che minaccia l'armonia nel Regno della Fantasia.

Principesse del Regno della Fantasia

7. Strega delle Maree
Le Principesse contro la Strega delle Maree e la sua flotta di misteriosi vascelli fantasma.

8. Strega delle Fiamme
Un duello all'ultima scintilla per salvare la Foresta Vivente dal fuoco divoratore.

9. Strega del Suono
Un incantesimo impressionante, un tornado di suoni, una sfida a colpi di magia!

10. Strega delle Tempeste
Il Grande Regno sotto l'assedio di Etheria e l'incantesimo della Tempesta Finale...

11. Strega della Cenere
Le Principesse, in viaggio verso Castellobliquo, inseguite da Cyneria e dalle sue Lincenerenti.

12. Strega dell'Aria
Le Principesse schierate contro Sulfurea, l'ultima delle Streghe Grigie rimasta in gioco...

LA NUOVA AVVENTURA!

13. STREGA DELLE STREGHE
Lo scontro finale sta per avere inizio.
Le Principesse del Regno della Fantasia dovranno affrontare la Mai Nominata, la temutissima e insidiosa Strega delle Streghe, in uno scontro pieno di colpi di scena!

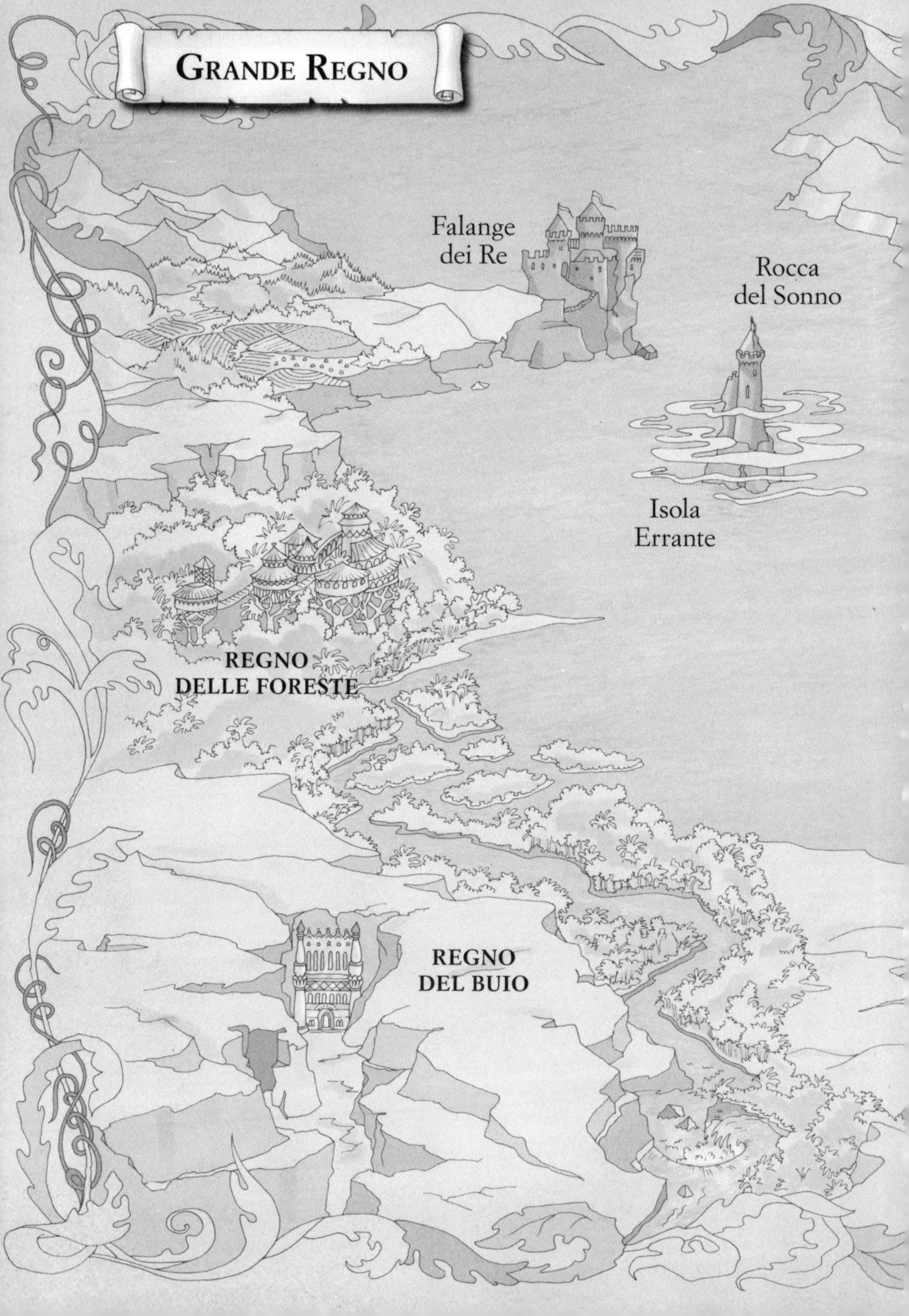
GRANDE REGNO
Falange
dei Re
Rocca
del Sonno
Isola
Errante
REGNO
DELLE FORESTE
REGNO
DEL BUIO